──────────────── 님의 소중한 미래를 위해
이 책을 드립니다.

MBTI의 모든 것

메이트북스 우리는 책이 독자를 위한 것임을 잊지 않는다.
우리는 독자의 꿈을 사랑하고,
그 꿈이 실현될 수 있는 도구를 세상에 내놓는다.

MBTI의 모든 것

초판 1쇄 발행 2023년 2월 1일 ┃ **초판 4쇄 발행** 2024년 5월 10일
지은이 나우진·김준환·이지희 ┃ **그린이** 하다정·엄소민
펴낸곳 (주)원앤원콘텐츠그룹 ┃ **펴낸이** 강현규·정영훈
편집 안정연·신주식·이지은 ┃ **디자인** 최선희
마케팅 김형진·이선미·정채훈 ┃ **경영지원** 최향숙
등록번호 제301-2006-001호 ┃ **등록일자** 2013년 5월 24일
주소 04607 서울시 중구 다산로 139 랜더스빌딩 5층 ┃ **전화** (02)2234-7117
팩스 (02)2234-1086 ┃ **홈페이지** www.matebooks.co.kr ┃ **이메일** khg0109@hanmail.net
값 19,000원 ┃ ISBN 979-11-6002-389-3 03800

너 자신을 알라(Know thyself).

• 소크라테스(고대 그리스의 철학자) •

성격이 모두 나와 같아지기를 바라지 말라.
매끈한 돌이나 거친 돌이나 다 제각기 쓸모가 있는 법이다.
남의 성격이 내 성격과 같아지기를 바라는 것은 어리석은 생각이다.

• 도산 안창호(독립운동가) •

사람 심리에 관심이 많고 분석하는 것을 좋아하는 **INTJ**입니다.

MBTI에 흥미를 느끼고 2020년 가벼운 마음으로 온라인 페이지를 개설했습니다. 점차 좋아해주시는 팬분들이 많아져 좋은 게시물로 보답하고 싶은 마음에 MBTI를 공부하고 재미있게 만들어보려고 노력했습니다.

현재 유형별로 잘 어울리는 캐릭터를 활용해 콘텐츠를 제작중이며 인스타그램, 유튜브, 페이스북, 틱톡 채널을 운영하고 있습니다. 최근 본격적으로 시작한 유튜브 채널에는 MBTI 관련 애니메이션 영상을 업로드하고 있습니다. 귀여운 캐릭터 굿즈도 제작하는 등 계속해서 다양한 MBTI 콘텐츠를 만들어보고자 시도중입니다.

좋은 기회로 MBTI에 대한 책을 쓰게 되어 기쁘고, 전문적인 내용보다는 재미적인 요소를 위주로 담았습니다. 누구나 MBTI에 쉽게 접근하고 가볍게 볼 수 있도록 제작했으니 편하게 읽으시면 좋을 것 같습니다.

MBTI란 무엇인가?

MBTI는 '마이어스 브릭스 유형 지표(Myers-Briggs Type Indicator)'의 줄임말로, 스위스의 정신의학자이자 심리학자인 카를 융(Carl Jung)의 심리유형론을 토대로 고안한 성격유형 지표입니다. 현재 가장 대중적으로 사용되는 성격유형 검사도구 중 하나이며, 시행이 쉽고 간편해 학교나 직장, 군대 등 다양한 영역에서 활용되고 있습니다.

MBTI는 '외향(E)-내향(I)' '감각(S)-직관(N)' '사고(T)-감정(F)' '판단(J)-인식(P)'으로 나뉘는 4가지 선호 지표를 조합해 사람의 성격을 16가지 유형으로 분류합니다. MBTI를 적절히 활용한다면 자신과 타인을 이해하고 건강한 관계를 형성하는 데 도움이 되겠지만, 모든 사람의 성격을 16가지로 단정 지을 수는 없는 만큼 지나친 맹신은 지양하는 것이 좋습니다.

MBTI에 과몰입하는 이유

2
MBTI 유형별
특징 알아보기

1
MBTI
바로 알기

3

상황별 MBTI 특징 알아보기

1
MBTI
바로 알기

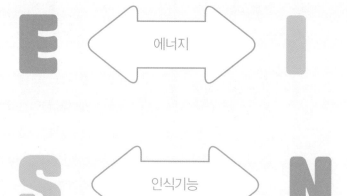

E   에너지   I

S   인식기능   N

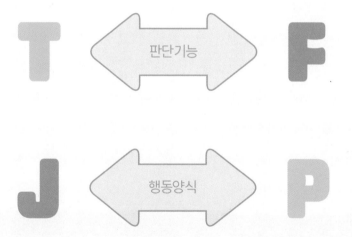

INFP INFJ ENFP ENFJ

ISFJ ESFJ ISTJ ESTJ

ISFP ISTP ESFP ESTP

INTP ENTP INTJ ENTJ

MBTI
글자별 의미

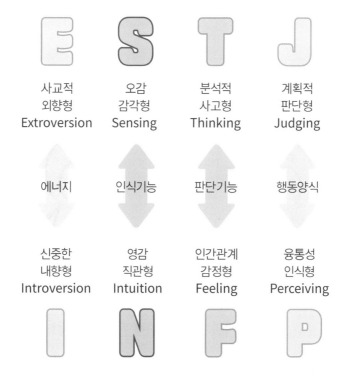

E	S	T	J
사교적 외향형 Extroversion	오감 감각형 Sensing	분석적 사고형 Thinking	계획적 판단형 Judging
에너지	인식기능	판단기능	행동양식
신중한 내향형 Introversion	영감 직관형 Intuition	인간관계 감정형 Feeling	융통성 인식형 Perceiving
I	N	F	P

 그럼 이제 내가 어떤 사람인지 알아볼까요?

I와 E의 차이

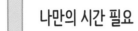 나만의 시간 필요

 사람들과의 시간 필요

집에서 혼자 쉬어야
충전이 되지

좋은 곳에서 좋은 사람들라
좋은 시간 보내는 게 힐링!

에너지의 방향으로 구분 _ 휴식을 취하는 방법이 다름

 혼자만의 시간으로 에너지를 충전하는 사람들

 사교적인 활동으로 에너지를 충전하는 사람들

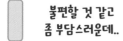 새로운 친구를 소개해주려 한다

I 불편할 것 같고
좀 부담스러운데..

 E 오~ 재밌겠다
다 같이 맛집 투어?

 파티에 초대되었다

I 사람 많으면 기 빨릴 텐데
적당히 있다가 빨리 집 가야지

E 오예-! 집에 아무도 못 가!
사람 많이 오려나? 신난다!!

 에휴..

 오~예!!

I 0~1개 : 인싸
2~3개 : 내향형 인간

당신은 과연?!

E 0~1개 : 집순이, 집돌이
2~3개 : 외향형 인간

N과 S의 차이

 구체적인 망상　　　 **현실적인 해답**

밖에 나갈 때 팬들이 몰릴까봐
'선글라스에 마스크 써야 하나'
행복한 망상중..

실현 가능한 걸 얘기해

인식 기능으로 구분 _ 생각의 흐름이 다름

N　나무가 아니라 숲을 봄
　　의미와 이상에 가치를 두고 추구하는 사람

　숲이 아니라 나무를 봄
　　사실과 현실에 가치를 두고 추구하는 사람

눈앞에 보라색 꽃이 있다

N
꽃에서 좋은 향기가 날 것 같아
보라색 나팔꽃도 예쁜데
요즘은 못 본 것 같네

S
꽃이네
색깔은 보라색이고
줄기는 초록색이구나

길에서 지갑을 주웠다

N
지갑 주인이 엄청난 부자여서
사례금으로 거액받는 거 아니야?!
그럼 난 괜찮다고 사양하다가
냉큼 받아야 되려나..?

S
주인 찾을 수 있게
파출소에 가져다줘야지

N
0~1개 : 현실주의자
2~3개 : 직관적

S
0~1개 : 이상주의자
2~3개 : 감각적

당신은 과연?!

N S

F와 T의 차이

이해와 공감

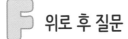 위로 후 질문 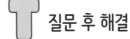 질문 후 해결

이해는 안 되는데
공감은 가네..

아니, 이해가 돼야
공감하든 말든 하지

판단과 결정 기능으로 구분 _ 마음을 표현하는 방식이 다름

 인간관계에 초점을 두고 '좋다, 나쁘다'로 판단하며,
감정 안정에 도움이 되는 감성적인 공감이 중요함

 진실에 초점을 두고 '맞다, 틀리다'로 판단하며,
문제 해결에 도움이 되는 현실적인 조언이 중요함

슬픔을 나누면?

슬픔은 나누면
반이 된다

슬픔을 나누면
슬픈 사람이 둘이지

"힘들게 돈 모아서 휴대폰 샀어!"

힘들었겠다ㅠㅠ
열심히 하던데 고생 많았어!

오! 무슨 버전이야?
사과폰? 우주폰?

0~1개 : 차가운 로봇
2~3개 : 공감 천재

당신은 과연?!

0~1개 : 따듯한 천사
2~3개 : 해결 천재

P와 J의 차이

과제가 생겼을 때

 실행 후 계획

 계획 후 실행

일단 해봐야 알지!

후딱 순서부터 정해야지!

이행양식, 생활양식 기능으로 구분 _ 일처리 방식이 다름

 여러 가능성을 열어두고 신중하게 생각하며 실행함
차질이 생기면 융통성 있게 일처리가 가능함

 뚜렷한 목적과 방향을 두고 계획을 세워 실행에 옮김
빠르고 분명하게 일처리가 가능함

약속 정할 때

 어떻게 될지 모르니까
그때 가서 정하자!

 언제 어디서 만나지?
밥 먹고는 뭐 할까?
일단 미리 예약해놓을게

계획 세우기

 오늘 일정?
일단 상쾌하고 즐겁게
누워서 숨 쉬고 할 거 해야지!

 오늘 7시에 영어 공부랑
방 청소를 한 다음에
닭강정 집 가려고 했는데

 0~1개 : 계획형 인간
2~3개 : 즉흥이 최고

당신은 과연?!

 0~1개 : 무계획 인간
2~3개 : 안정이 최고

2

MBTI
유형별 특징
알아보기

ENFJ

아낌없이 주는 다람쥐

필요한 거 있어?
내가 도와줄까?

호기심

정의로움

정이 차고 넘침

네가 행복하면 나도 행복해 ♥

소중한 추억

급집

정없음

많아!
많아!

ENFJ 머릿속

뭔지 알 것 같아
(공감 천사)

모든 일에 의미 부여

걱정
엄청
많음
(남들은 눈치 못 챔)

인류애 긍정적

ENFJ

ENFJ
아낌없이 주는 다람쥐

ENFJ는 정의로우며, 갈등을 싫어하는 따스한 평화주의자예요.

사람을 좋아하고 평화를 우선시해서 주로 남이 나서지 않는 일을 도맡아서 하려 합니다. 그게 모두가 행복한 방법이라고 생각하기 때문에 자연스럽게 리더 역할을 하게 되는 유형이에요. 누군가 억울해하거나 약한 사람이 당하는 모습을 보면 참지 못하고 도와주려 합니다.

책임감이 강하고 열정적이며, 군중을 이끄는 리더십도 뛰어난 ENFJ는 전형적인 학생회장 유형입니다. 돈이나 명예에 휘둘리지 않고 사람을 위한 가치 있는 일에 헌신하기 때문에 봉사 활동을 많이 하는 편이에요.

정이 많고 사람을 잘 챙기며, 인간관계에 중요한 가치를 둡니다. 대중과 상대방의 분위기를 잘 읽고 타인에 대한 관심이 많아 오지랖이 넓다는 평가를 받기도 해요. 타인을 많이 의식하고 감정 이입이 뛰어나 스스로 스트레스를 받는 경우가 많아요.

배려심이 깊어서 힘들어도 남들에게 티를 내지 않기 때문에 겉으로 보기엔 고민이 없는 마냥 이상적인 사람으로 보일 수 있어요. 자신에게 엄격한 부분이 있어서 자책을 많이 하지만 그런 반성을 원동력으로 삼아 성장을 하기도 합니다.

ENFJ의 사회생활

따듯하고
온화한 미소

혼나고 기죽은
신입사원에게
위로와 긍정적
조언을 해주는 사수

"아 정말요?ㅎㅎ"
다 받아주는 척하지만
한 귀로 흘림

친구들+선생님들에게
사랑받는
학교 내 인싸

중요도

인간관계

신뢰

책임감

체계

ENFJ의 호불호

행복했던
기억

정의감
끓어넘치는
상황

좋은 사람

부당함

폭력적인
상황

경쟁

ENFJ에게 도움이란?

삶의 원동력!^^
제 도움이 필요하면
언제든 말씀하세요!!

꺼지지 않는 불씨

ENFJ의 소원

주님, 남들이 무엇을
하든 신경 안 쓰게
도와주세요.

근데 제 가족, 친구,
동기, SNS팔로워... 등은
남 아닌 거 아시죠?

*오지랖 못 참음

ENFJ의 대인관계

check list

- ☑ 모두의 안전과 행복, 평화가 최우선이다
- ☐ 갈등이 생기지 않게 잘 조율한다
- ☐ 정이 많고 사람을 잘 챙긴다
- ☐ 놀러 갈 때 추진, 계획 모든 걸 주도한다
- ☐ 모든 사람에게 사랑받고 싶어하고 실제로 그렇다
- ☐ 사람과 사람 사이의 중간다리 역할을 한다
- ☐ 한 번 상처받으면 오래간다
- ☐ 거절을 잘 못한다

ENFJ랑 짱친 되는 법

이거 받아!

ENFJ

주특기 : 물건 바리바리 챙겨 오기
난이도 ★

♡ 놀 땐 같이 신나게 놀고, 뭐 하고 있을 땐 건드리지 않기

♡ 유행하는 이상한 말투 따라 하지 않고 어른스럽게 행동하기

♡ 사소한 일도 칭찬해주고, 공감의 리액션 자주 해주기

♡ 사적인 TMI 많이 말하기

친구가 행복하기를 진심으로 바라고, 같이 노력해줌

ENFJ 우정 BINGO!

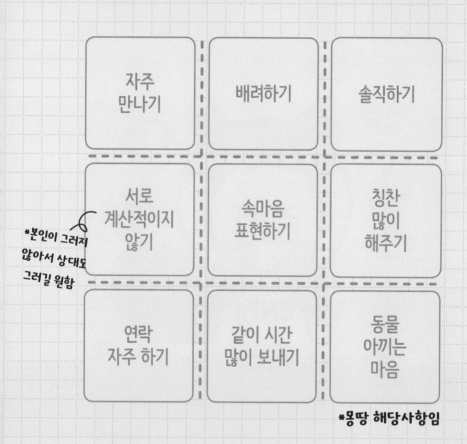

자주 만나기	배려하기	솔직하기
서로 계산적이지 않기	속마음 표현하기	칭찬 많이 해주기
연락 자주 하기	같이 시간 많이 보내기	동물 아끼는 마음

*본인이 그러지 않아서 상대도 그러길 원함

*몽땅 해당사항임

ENFJ가 듣고 싶은 말!

나둥!

나둥!

" 네가 곁에 있어서 정말 다행이야 ㅎㅎ "

소개팅에서 ENFJ는?

오~!

ENFJ 난이도 ♥♥♥♥♡

♡ 대화를 리드함

♡ 첫 만남은 일단 호의적으로 대함

♡ 연인에 대한 이상이 많이 높음

♡ 주변에 이성 친구가 많음

ENFJ 유혹하기

♡ 힘들 때 위로가 되어주고 공감해주기

♡ 상대를 배려하는 게 몸에 밴 모습을 보여주기

♡ 도덕적이고 모두에게 좋은 평가받는 사람 되기

♡ 자기 할 일 열심히 하기

♡ 리액션 많이 해주고 적극적으로 칭찬해주기

♡ 때 묻지 않은 선함과 순수한 모습 보여주기

♡ 외유내강, 강강약약으로 행동하기

서로를 응원하는 발전적인 관계의 사람

찰떡조합 vs 기름조합

감사함을 표현하지 못하는 사람

ENFJ의 사랑 단계별 설명서

step 01 호감 있을 때와 없을 때

호감 X

가짜 눈웃음.
상대방이 고백해도
맘에 안 들면
선 확실하게 그음.

호감 ○

만나기로 하면
12시간 풀코스로
데이트 계획함.

step 02   좋아하는 사람 앞에서

적극적으로 다가가서
좋아하는 티 팍팍 냄.

step 03   사랑에 빠졌을 때

진짜 이 사람이다 싶으면
물불 안 가리고 들이댐.
너무 적극적이라 부담스러워하는
경우도 있음.

ENFJ가 연애할 때는?!

우리 엔프제는요...🔬 진정한 사랑을 믿는 ENFJ!

자신만의 특별한 무언가를 함께 나눌 수 있는 연인을 찾고 싶어하며, 배울 점 있는 사람과 서로를 지지하는 미래지향적인 연애를 원한다.

ENFJ는 이성에 대한 기준이 확고하고 자신보다 수준이 높다고 느껴지는 사람을 선호한다. 기준이 높아 연인을 찾는 데 어려움을 겪기도 하지만, 기준을 뚫고 사랑에 빠지게 된다면 연인의 장점을 우선적으로 보고, 연인이 원하는 모든 것을 1순위로 해줄 준비가 되어 있다.

공감 능력이 뛰어난 ENFJ는 상대의 감정을 그대로 전달받고 거기에 크게 휘둘리기 때문에 부정적인 감정 기복이 적고 차분한 사람을 선호한다.

또 ENFJ는 인정받고 칭찬받는 것을 좋아해서 자신의 배려를 알아주고 고마워하는 것만으로 연인에게 헌신한다. 그리고 이것을 행복으로 느낀다.

ENFJ와 연애할 때 주의사항!

정의감	MAX	
이타심		
객관성		

장점   상대방의 마음에 끊임없이 관심을 가져
관계에 문제가 있을 때 슬기롭게 넘어감

단점   이상이 높아서 번아웃이 올 수도 있음

ENFJ의 짝사랑…

마음에 들면 일단 직진함.
상대에 대해
철두철미하게 조사함.

ENFJ

ENFJ

이별 처방전

연인과 안 맞는 이유

준 만큼 돌려받지 못하는 서운함 때문에

이별 후 대처법

남들을 배려해서 슬퍼도 티를 내지 않으려고 하는 엔프제.
친한 사람들에게는 속마음을 털어놓으면서 울기도 해보세요.

내가 알던 ENFJ는?

제가 알던
엔프제는 말이죵..

새롭게 이해한 ENFJ는?

네가 그래서
그랬구나~

ENFP

대책 없는 웰시코기

머릿속 꽃밭

즉흥 짜릿해

이건 사야 돼!(충동구매 장흥)

신나면 그만이야!

낙천적

귀여운 관종♡ (관심 줘.. 더 줘!)

집념
(BUT 금방 식음^^)

ENFP 머릿속

리액션 부자

관심종자

완전
단순
(화나도
금방
까먹음)

인싸 중에 아싸

소심한 관종

호기심

ENFP

ENFP
대책 없는 웰시코기

ENFP는 리액션 부자로 주변을 행복하게 해주는 행복 바이러스예요.

새 친구 사귀는 걸 좋아하고 자신에 대해 이야기하는 걸 좋아합니다. 낙천적인 성격 때문에 '머리가 꽃밭'이란 별명도 있지만 은근히 내향적이고 독립적인 모습도 있어서 종종 혼자만의 시간을 즐깁니다.

밝은 에너지로 사람들과 어울리는 걸 좋아하고 관심과 칭찬받길 좋아합니다. 리액션이 넘치는 대신 감정을 잘 숨기지 못해서 얼굴에 다 드러나는 편이에요.

천방지축 ENFP는 작은 일에도 감정 기복이 심하다 보니 싫증을 잘 내고 잘 삐치기도 하지만, 긍정적이고 단순해 화가 나더라도 금방 풀린다는 장점이 있습니다.

즉흥과 도전을 좋아하고 집념이 강해서 꽂히는 일은 꼭 해야 직성이 풀리지만 반복적이고 지루한 업무를 힘들어하기 때문에 마무리를 짓는 경우는 잘 없습니다.

인생을 즐겁게 살려고 하는 ENFP는 타인이 보기엔 자칫 허영이라고 느낄 정도로, 멋내고 뽐내는 것을 굉장히 좋아합니다.

ENFP의 사회생활

조금 광기가
서려 있는 표정

"헐!"
신기한 게 아닌데도
뭐 볼 때마다
자동으로 나옴

긍정 기운 넘치는
회사 내
분위기 메이커

친구들 내 애교쟁이,
급식 알리미

중요도

흥미

인간관계

규칙

계획

ENFP의 호불호

즉흥

귀여운
내 자신

인정과
칭찬

반복적이고
단순한 일

강요와
참견

소외감

ENFP에게 과소비란?

> 저는 늘 필요한
> 소비만 해요!
> 이건 귀여우니까 사야 되고,
> 이건 언젠가
> 필요할 것 같은데!

맥시멀 리스트

ENFP의 소원

> 주님! 제가 한 번에
> 한 가지 일에만
> 집중할 수 있도록
> 도와주세요!

> (근데 오늘
> 점심 뭐 먹지?)

*정신이 산만함

ENFP의 대인관계

check list

- ☑ 리액션이 엄청 좋고, 감정 표현을 잘한다
- ☐ 타인의 시선에 민감한 편이다
- ☐ 감정이 얼굴에 잘 드러난다
- ☐ 사람들에게 정이 많다
- ☐ 은근히 소심해서 잘 삐치지만 회복이 빠르다
- ☐ 갈등을 싫어하며 피하려고 한다
- ☐ 약간씩 낯을 가리는데 그럴수록 말이 많아진다
- ☐ 종종 혼자만의 시간도 필요하다

ENFP랑 쩝친 되는 법

헛!!

ENFP
주특기 : 긍정 에너지 전파
난이도 ★

- ♡ 재밌는 새로운 시도 같이 해보기
- ♡ 뒤끝 없이 대하기
- ♡ 무슨 일 있어 보이면 걱정해주고, 고민은 진지하게 들어주기
- ♡ 가끔 장문의 카톡으로 ENFP를 얼마나 생각하는지 알려주기

같이 찍은 사진 SNS에 업로드하거나 자랑하면 좋아함

ENFP 우정 BINGO!

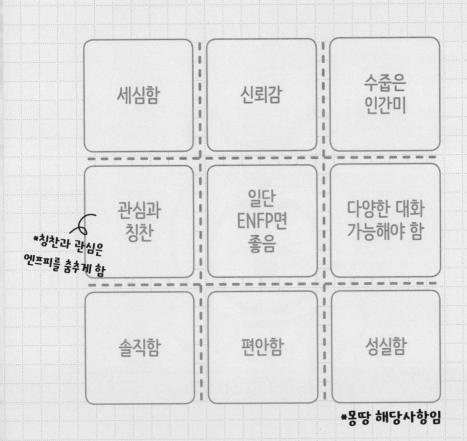

세심함	신뢰감	수줍은 인간미
관심과 칭찬	일단 ENFP면 좋음	다양한 대화 가능해야 함
솔직함	편안함	성실함

*칭찬과 관심은 엔프피를 춤추게 함

*몽땅 해당사항임

ENFP가 듣고 싶은 말!

소개팅에서 ENFP는?

오~ 정말요?!

ENFP

 난이도 ♥♡♡♡♡

♡ 대화할 때 상대의 말을 잘 받아줌. 티키타카 최고!

♡ 눈치가 빠름

♡ 분위기를 잘 파악함

♡ 마음에 안 들어도 티 안 냄

ENFP 유혹하기

♡ 칭찬을 항상 갈구하기에 칭찬 자주 해주기

♡ 가식 없이 진솔하고 솔직하게 대하기

♡ 호기심이 많기에 가끔 새로운 장소 데려가기

♡ 진지할 땐 존중하고 같이 고민해주기

♡ 뒤끝 없이 털털한 모습 보여주기

♡ 자주 걱정해주고, 애정표현 많이 해주기

♡ 잘 챙겨주고, 사소한 것까지 기억해주기

♡ 리액션 잘해주고, 이야기 경청해주기

내 즉흥적인 행동에 함께 맞춰주는 신나는 사람

찰떡죠합 vs 기름죠합

부정적인 사람, 할 말 없게 하는 사람

ENFP의 사랑 단계별 설명서

step 01 호감 있을 때와 없을 때

호감 X	호감 ○
내숭이라곤 찾아볼 수 없이 털털함.	리액션 부자! 어떻게든 같이 있으려 하고 웃겨주려고 함.

좋아하는 사람 앞에서

자꾸 주변을 기웃거림.
틈만 나면 리액션 티 나는 거
나도 알고 있음.

사랑에 빠졌을 때

금사빠이지만 빠지는 것마다
진심을 다해 좋아함.
너무 좋아하면 오히려
보수적으로 변하기도 함.
좋아하는 행위 자체를 좋아해서
짝사랑도 즐김.

ENFP가 연애할 때는?!

우리 엔프피는요...🎀 사랑에 열정 넘치는 ENFP!

감정에 솔직해서 관심 있는 사람을 보면 적극적으로 다가간다.

'나를 좋아하는 사람'보다는 '내가 좋아하는 사람'이 우선시되기 때문에 어떻게 다가와주냐보다는 어떤 사람인지를 많이 보는 편이다.

ENFP는 소통하는 것을 좋아해서 대화가 잘 통하는 사람을 좋아하고, 감정 기복이 있는 편이라 차분하게 중심을 잡아줄 수 있는 잔잔하고 침착한 이성에게 호감을 느끼는 경우가 많다.

사랑에 적극적인 ENFP이지만 정이 많아 상처를 잘 받기도 한다. 때문에 이별에 상처가 많을수록 점차 소극적으로 변하는 경우가 있고, 확신을 얻기 전까지는 깊은 관계를 맺지 않으려고 한다.

하지만 상대에게 믿음이 생기면 정이 많은 만큼 자신의 사랑을 아낌없이 쏟는다.

ENFP와 연애할 때 주의사항!

ENFP

에너지	MAX
계획	
망상	

장점 밝은 성격으로 뜻하지 않게 사람을 확확 끌어당기는
언제나 매력적인 연인

단점 연인 이외의 사람에게도 매력 발산이 될 수 있음

ENFP의 짝사랑···

안 그래도 많은 장난기가 폭발해버림.
금사빠이지만
은근 소심해서 슬쩍슬쩍 챙겨줌.

이별 처방전

+ ENFP 님

연인과 안 맞는 이유

상대방의 마음에서 확신을 얻지 못해서

이별 후 대처법

호기심이 많아 항상 새로운 걸 찾기에

시간이 지나면 괜찮아지는 엔프피.

그 기간 동안만 마음껏 SNS 염탐도 하고 슬퍼해보세요.

내가 알던 ENFP는?

제가 알던
엔프피는 말이죵..

새롭게 이해한 ENFP는?

네가 그래서
그랬구나~

ENTJ

잘난 척 마스터 사자

도전정신
(안 되면 되게 해)

나만 믿고 따라와

자기 관리

명언에 취한다..☆

이걸 왜 못하지?

이해가 안 되네....?

아난 역시 대단해

결과 내놔

ENTJ 머릿속

항마력 딸리는
일에 취약

아; 저걸 저렇게 하네
(내가 하고 말지!)

휴식? 그게 뭔데?

팩트

효율성

결단력

나 화 안 났어^^
(어금니 꽉..)

ENTJ

ENTJ
잘난 척 마스터 사자

ENTJ는 열정이 넘치고 끈기와 책임감이 뛰어난, 선천적인 리더입니다.

효율성과 객관적인 걸 중요시하면서 사람도 아끼는 ENTJ는 타고난 통솔자예요. 자기 비전이 매우 확고하고 그걸 실현해낼 계획성과 추진력까지 갖추었기 때문에 결국에는 원하는 걸 이뤄냅니다.

자신이 열정 부자인 만큼 내 사람이 게으른 것도 참지 못해서 성장하지 않는 사람, 비전이 없는 사람, 노력하지 않는 사람을 가장 싫어합니다. 싫고 좋음을 표현하는 데 있어서 직설적이라 타인에게 상처를 줄 때도 있어요.

카리스마 넘치는 ENTJ이지만 사석에서는 의외로 무장해제되기 때문에 주변에 사람이 많고 약속도 많아요. 사람들 간 교류에 적극적이지는 않지만 필요에 따라서는 사교적으로 변하는 타입입니다.

낮을 안 가리는 편이고, 사람을 편견을 가지고 대하진 않지만 배울 점
이 있는 사람만 곁에 두려고 하는 성향이 있어요.

권력에 대한 욕심이 많고 당찬 성격에 어려운 도전을 마다하지 않는
ENTJ는 사회적으로 가장 성공하는 성격 유형이기도 합니다.

ENTJ의 사회생활

자신감 넘치는
거만한 표정

회사 끝나고
운동 감

열정 없는
신입 불러내서
사기 올려주는 대표님

카리스마 있는
학교 반장

중요도

성취

목표

실행

세심함

ENTJ의 호불호

효율성

자기 관리

열정

무지함

발전 없는
내 모습

게으름

ENTJ

ENTJ에게 성취란?

결과죠.
노력 없는
성취는 없습니다.

결과론자

ENTJ의 소원

주님, 제가 일을
서두르지 않고
천천히하게남들라는
다르게도와주세요아멘.
(Feat. 아웃사이더)

*천천히 못 함

ENTJ의 대인관계

☑ 인간관계 폭이 매우 넓다

☐ 대화를 주도하고 이끌어간다

☐ 친구들에게 공감보단 해결책을 찾아주는 편이다

☐ 공동 작업을 할 때 직접 이끌어야 직성이 풀린다

☐ 저절로 리더가 되어 있는 편이다

☐ 인싸는 아닌데 약속이 항상 있다

☐ 남의 일에 큰 관심이 없다

☐ 어딜 가든 친해질 수 있는데 굳이 친해지진 않는다

ENTJ랑 짱친 되는 법

하이!!

ENTJ
주특기 : 팩트 폭행
난이도 ★★

♡ 대단하다고 칭찬해주기

♡ 자기 관리 잘하고 똑 부러지는 모습을 보여주되, 겸손하기

♡ 대화를 통해 배울 점이 있는 모습 보여주기

♡ 같이 놀거나 여행 갈 때 계획 세워주면 잘 따라주기

친구랑 한 주제에 대해 깊이 대화 나누길 좋아함

ENTJ 우정 BINGO!

같이 여행 가기	자신감 있는 모습	혼자만의 시간 존중하기
성장하는 모습 보여주기	직설적, 논리적으로 말하기	사생활 존중하기
멘탈 강해야 함	계획 잘 따라주기	토론 가능

*발전 없는 모습 보면
한심하다고 느낌

*몽땅 해당사항임

ENTJ가 듣고 싶은 말!

훗.

"너는 진짜 한다면 하는 친구야!"

소개팅에서 ENTJ는?

옙, 좋습니다.

ENTJ 난이도 ♥♥♥♥♥

♡ 현실적인 사람이 좋음

♡ 이상이 높음

♡ 능력을 많이 봄

♡ 기준이 구체적임

♡ 소개팅 해주기 어려운 스타일

ENTJ 유혹하기

♡ 지적이고 주도적이며 똑 부러진 모습 보여주기

♡ 자기 관리 잘하고 소신 있는 모습 보여주기

♡ 미래지향적 이야기 많이 하기

♡ 관심 분야에 대해서 깊게 토론하기

♡ 감정 표현 솔직하게 하고 숨기지 않기

♡ 적당한 밀당으로 계속 생각나게 만들기

♡ 각자의 개인 시간 존중해주고 그 시간 방해하지 않기

♡ 같이 있을 때 가장 편한 모습으로 있게 해주기

나를 잘 칭찬하고 인정해주는 사람

찰떡죠합 vs 기름죠합

감정적인 공감 강요하고 사생활에 관여하려는 사람

ENTJ의 사랑 단계별 설명서

step 01 호감 있을 때와 없을 때

호감 X	호감 ○
사무적으로 대함.	질문 폭탄, 공통된 관심사를 찾으려고 함.

step 02   좋아하는 사람 앞에서

깊은 대화를 나누고
성장할 수 있게 도와주려고 함.

step 03   사랑에 빠졌을 때

사랑에 빠지면 쟁취함.
자신의 비전과 이상을 공유하면서
믿음을 주고 싶어하고,
상대가 좋아하는 것을 기억했다가
챙겨주려고 함.

ENTJ가 연애할 때는?!

우리 엔티제는요...✒️ 완벽주의자 ENTJ!

완벽주의자 성향 때문에 무뚝뚝한 이미지를 보이지만 좋아하는
사람에게는 한없이 부드러워진다.

본인같이 몸과 정신이 건강하고 삶의 목표가 있는 사람에게 호감을
느끼며 연인과 함께 발전적으로 성장해나가길 원한다. 그래서 함께
미래가 그려지지 않는 사람이라면 굳이 에너지를 쏟지 않는다.

ENTJ는 독립적인 성향이 강하기 때문에 내 일과 시간을 존중해주
지 않는 사람은 만나지 못하고, 상대가 미성숙하거나 나태한 모습
을 보이면 크게 실망한다.

연인과의 갈등이 생긴다면 회피하지 않고 바로 이성적으로
해결하려 하지만, 공감 능력이 부족하고
직설적이기 때문에 연인에게
상처를 줄 때도 있다.

ENTJ와 연애할 때 주의사항!

열정	MAX
듬직함	
공감 능력	

장점	일과 사랑 둘 다 잘하는 엔티제. 연인에게 적극적이고 애정표현에 솔직함.
단점	솔직하고 직설적이라 연인에게 상처 주기도 함

ENTJ의 짝사랑···

이별 처방전

연인과 안 맞는 이유

나와 미래를 함께 그리기 부족한 사람이라고 판단해서

이별 후 대처법

연애중에 항상 최선을 다하기 때문에
이별의 후유증이 크지 않은 편이에요.
자기 관리를 더 열심히 하고,
생활패턴 루틴을 빨리 되찾으려고 하면 도움이 돼요.

내가 알던 ENTJ는?

제가 알던
엔티제는 말이죵..

새롭게 이해한 ENTJ는?

네가 그래서
그랬구나~

ENTP

눈치 안 보는 병아리

돌+1

아니 근데~
(논쟁모드 on)

장.난.좀.아

왜 그렇게 생각하는데?

마이웨이

엑? 이유가 뭐야?

짜증해

ENTP 머릿속

이게 맞지 않음?

자기 합리화

과쩡

자기애 흘러 넘침

지는 거
절대 싫! 어!

호불호 명확

ENTP

ENTP
눈치 안 보는 병아리

ENTP는 개방적이고 솔직한 언변가예요.

자신감이 넘치고 임기응변을 잘해서 마음에 드는 사람이 있으면 거리낌 없이 다가가 능숙한 말솜씨로 사람을 홀리기도 해요. 경쾌하고 엉뚱한 모습으로 어느 곳에서나 적응이 빠른 성격입니다.

상상력과 창의력이 뛰어나고 모험심이 강하며 새로운 시도를 좋아합니다. 관심 분야와 취미 영역이 넓지만 깊게 파진 않아서 얕은 지식들이 많은 편이에요. 모든 방면에서 재능이 있는 재주꾼이기도 합니다.

모든 유형들 중 가장 편견과 고정관념이 없는 개방적인 타입이에요. 자유를 중요시하고 억압당하는 걸 견디지 못합니다.

사람을 좋아하는 ENTP는 타고난 재치와 언변으로 장난을 자주 치는데, 직설적인 표현 때문에 가끔씩 타인에게 상처를 주기도 해요. 또 토론이나 논쟁을 좋아하면서도 무조건 이겨야 직성이 풀리는 성격 탓에 갈등을 빚기도 해요.

눈치가 없는 사람으로 비치는 경우가 많지만, 이건 판단력과 적응력이 빠름에도 불구하고 눈치를 볼 필요를 느끼지 못해서 그렇게 보이는 것일 뿐이랍니다.

ENTP의 사회생활

광기 어린
표정

왜?? 왱?

엥??

어쩌라고

참신한 발표로
매번 보너스 타가는
영업사원

학교 교칙 때문에
맨날 선생님이랑
싸움

"이거 아닌 것 같은데요?"
기분 안 좋은 상사에게도
또박또박 할 말 다 함

중요도

자기주장

독창성

개방성

눈치

ENTP의 호불호

장난

토론과 논쟁

내 자신
최고

꽉 막힌 분위기

참견

집중

ENTP에게 놀쟁이란?

나의
놀이터랄까...★

언어의 마술사

ENTP의 소원

주님, 오늘은
제가 정해진
절차를 따를 수 있도록
도와주세요.

좀 바꿔야
할 게 있네요.

다시
생각해보니

ENTP

*정해진 규칙 싫어함

ENTP의 대인관계

check list

- ☑ 친구들에게 장난치고 괴롭히는 걸 좋아한다

- ☐ 좋아하는 사람, 싫어하는 사람이 명확하다

- ☐ 호감이 생기면 이성, 동성 상관없이 잘 다가간다

- ☐ 독립적이지만 관심받는 걸 아주 좋아한다

- ☐ 타인의 눈치를 볼 필요성을 잘 못 느낀다

- ☐ 인간관계에 크게 얽매이지 않는 편이다

- ☐ 선입견이 없고, 개방적이다

- ☐ 의사소통 중에 개인적인 감정이 앞선다

ENTP랑 짱친 되는 법

헷!

ENTP
주특기 : 도라이
난이도 ★

♡ 별거 아닌 것 같아도 열심히 토론해주기
('만약에'로 시작하는 토론 주제면 더 좋음)

♡ 항상 공감의 리액션 표현하고, 긍정적인 반응해주기

♡ 자신감 있는 사람을 좋아하기에 주관 있는 모습 보여주기

찐친 앞에서는 텐션 미침 + 개그맨 됨

ENTP 우정 BINGO!

놀리는 맛 좋아야 함	대화 잘 통해야 됨	공감 잘해주기
특이한 이야기 잘 받아주기	리액션 잘해주기	말 예쁘게 하기
친절함	기본적인 상식과 센스	논쟁 가능

*이거 되면
마음의 문 활짝!

*몽땅 해당사항임

ENTP가 듣고 싶은 말!

뿌-우!

ENTP

" 너만의 특별한 점이 좋아! "

소개팅에서 ENTP는?

왜요??

엥??

 ENTP   난이도 ♥♥♥♡♡

♡ 전투적인 말투와 수다스러움

♡ 가벼운 사람으로 보일 수 있음

♡ 본인을 이성적이고 사교적이라고 생각함

♡ 순정파임

ENTP 유혹하기

♡ 고민을 이야기하면 위로와 현실적인 피드백 해주기

♡ 자신감 있는 모습 보여주기

♡ 감정을 숨기지 않고 함께 대화로 풀기

♡ 대화가 잘 통하고 생각이 비슷하다고 느끼게 해주기

♡ 가식 없이 있는 그대로의 모습 보여주기

♡ 행동력과 성장하는 모습 보여주기

♡ 별거 아닌 걸로 논쟁해도 받아쳐주고 토론해주기

나와 함께 모든 주제로 토론할 수 있는
같은 관심사를 가진 사람

찰떡조합 vs 기름조합

평범한 한마디 한마디에
상처받고 서운해하는 사람

ENTP의 사랑 단계별 설명서

step 01 호감 있을 때와 없을 때

호감 X	호감 ○
상대의 의견이 나와 달라서 죄다 반박함.	말을 귀 기울여 듣고 수긍할 건 수긍함.

step 02 | 좋아하는 사람 앞에서

전투력 0%.
스윗한 척을 함.

step 03 | 사랑에 빠졌을 때

금사빠, 금사식이라서
짝사랑을 오래 하는 경우가 많이 없음.
고백해서 차여도 쿨하게 잘 넘김.
좋아하는 사람이 생기면
거리낌 없이 들이댐.

ENTP가 연애할 때는?!

우리 엔팁은요...✿ 다재다능 능글맞은 ENTP!

똑 부러지고 말을 잘해서 상대의 호감을 사는 방법을 잘 안다.

자신의 개방적인 생각들을 경청해주고 영혼 있게 호응해주는 사람에게 호감을 느끼며, 함께 성장할수 있는 배울 점 많은 사람과 연인이 되고 싶어한다.

ENTP는 자신의 특이함을 좋아하는 것을 넘어 사랑하는데, 그러한 모습을 상대가 잘 받아주며 티키타카 되길 원한다.

연애를 하면서 관계에 모든 정신을 집중하기보다는 자신의 내면이 우선인 ENTP는 상대의 결점이 보이는 순간 마음이 빠르게 식기도 한다.

ENTP는 상대방의 사생활을 존중해주는 동시에
자신의 자유도 중요하게 생각하기 때문에,
통제하거나 억압하려 한다면 연인과의
이별을 생각할지도 모른다.

ENTP와 연애할 때 주의사항!

ENTP

똘끼 ████████████ MAX
말빨 ██████████
조신함 ██

장점 연인 외에는 관심이 없음.
항상 재밌고 즐거운 엔팁과의 데이트.

단점 통제하려 하면 바로 뒤도 돌아보지 않고 떠남

ENTP의 짝사랑···

좋으면 앞뒤 안 재고 바로 돌진함.
썸도 연애도 빠르게 시작하는 금사빠.
차여도 쿨하게 잘 넘기는 편.

이별 처방전

 ENTP 님

 연인과 안 맞는 이유

모든 걸 나에게 맞추고 성장하지 않는 사람에겐
매력을 못 느껴서

이별 후 대처법

오랫동안 힘들어하는 게 성격상 안 맞는 엔팁.
이틀만 술 마시고, 울고, 난리 치고 나면 깨끗하게 잊힙니다.

내가 알던 ENTP는?

제가 알던
엔팁은 말이쥼..

새롭게 이해한 ENTP는?

네가 그래서
그랬구나~

ESFJ

오지랖 쿼카

괜찮아 ^-^
(괜찮겠냐?)

배려

일단 끄덕끄덕(습관성 공감)

사회성 만렙

♡사람조향♡

속으로 챙길거 다 챙김

ESFJ 머릿속

어색함. 못 참지.

거절 못 하겠어.. 힘

결정

안녕?^-^
오늘부터 우린 친구!

인간관계

내가 도와줄까??

분위기 메이커

현실적

ESFJ

ESFJ
오지랖 쿼카

ESFJ는 새로운 사람과의 만남을 좋아하는 분위기 메이커예요.

뛰어난 친화력으로 자연스럽게 분위기를 주도해서 리더 역할을 맡는 경우가 많습니다. 소수의 모임보다는 다수 속에서 에너지를 얻는 타입이에요.

주변 사람과 주기적으로 연락하며 사람들을 챙기는 것을 좋아합니다. 친구가 불행하면 함께 불행을 느낄 정도로 공감 능력이 뛰어나고, 타인의 감정에 민감하며 그걸 충족시켜주려고 노력하는 편이에요. ESFJ에게는 기브&테이크도 중요하기 때문에 자신이 베푸는 친절에 대해 인정받기를 원합니다. 실제로 자신이 베푸는 만큼 다른 사람으로부터 선의를 끌어내는 데 뛰어난 능력을 가지고 있습니다.

ESFJ는 인간관계가 틀어지는 걸 극도로 싫어합니다. 오해받는 것을 싫어하며, 상대가 부정적인 말을 하면 하루 종일 그 생각에 힘들어해요. 생각보다 철저한 현실주의자이지만 남들에게 싫은 소리를 안 하고 대부분 맞춰줍니다. 그래서 부정적인 감정이 들어도 겉으로는 티가 나지 않고, 화가 나도 묵묵히 참는 편이에요.

이타적인 면이 많아서 본인의 일보단 집단의 일과 목적을 우선시하는 경우가 많고, 조화와 균형을 중요시하며 원칙주의자이기 때문에 직장생활 시 빠르게 적응하는 편입니다.

ESFJ의 사회생활

친절한 미소,
말 걸어달라는 눈빛

"우와!"
"대박이네요!"
사회생활 만렙,
찰떡같은 리액션

탕비실에서
직원들과
근황 토크 하는
대리님

맨날 학교에
간식 가져와서
나눠줌

중요도

의리

인정욕구

책임감

실행력

ESFJ의 호불호

손편지

실용성 있는
선물

세상 모든
사람들

어색한
상황

냉정한 반응

이기적인
사람

ESFJ에게 낯가림이란?

저는 낮을 가린다고
생각하는데..
아닌 거 같기도 하고..
아무튼 사람 좋아!

프로만남러

ESFJ의 소원

주님! 제게
인내심을 주세요!

지금
당장요!!

*기다리는 거 잘 못함

ESFJ의 대인관계

check list

- ☑ 새로운 사람 사귀는 걸 좋아한다
- ☐ 어색한 걸 못 참고 먼저 말을 건다
- ☐ 타고난 분위기 메이커다
- ☐ 친구, 가족, 내 사람들을 잘 챙긴다
- ☐ 남한테 싫은 소리를 잘 못한다
- ☐ 이야기를 잘 들어줘서 고민 상담이 많이 들어온다
- ☐ 다른 사람들에게 인정받는 걸 좋아한다
- ☐ 상처받아도 상대방을 배려해서 이야기를 못한다

ESFJ랑 짱친 되는 법

같이 놀래?

ESFJ 주특기 : 분위기 무장해제시키기
난이도 ★

♡ 직설적으로 친해지고 싶다고 하면 알아서 다가옴

♡ 연락 자주 하고, 만나자고 자주 말하기

♡ SNS 태그 해주기

♡ 공통 관심사가 있다면 관심사에 대해 많이 이야기해보기

짱친의 부탁이라면 거의 다 들어주려고 노력함

ESFJ 우정 BINGO!

함께 모임 활동 하기	리액션 잘해주기	어른스러움
내 주변 친구들에게도 잘해주기	고마움 잘 표시하기	사소한 것도 공유하기
배울 점 보여주기	약속 잘 지키기	편지 써주기

*신뢰 잔뜩 쌓이고
감동받을 수 있음

몽땅 해당사항임

ESFJ가 듣고 싶은 말!

헷..

정말?!

ESFJ

"센스 있게 챙겨줘서 정말 고마워!"

소개팅에서 ESFJ는?

안뇽하세요..!

 난이도 ♥♥♥♡♡

♡ 매력 있는 사람이 좋음

♡ 못난 점이 없는 사람이 좋음

♡ 연락을 매우 중요시함

♡ 타인의 시선을 많이 의식함

ESFJ 유혹하기

♡ 거짓말하지 않고 자신의 이야기를 자주 들려주기

♡ 리액션 잘해주고 대화 잘 통한다는 시그널 주기

♡ 애정표현 확실하게 하고 적극적으로 호감 있는 티 내기

♡ 공통 관심사 많이 만들고 같이 해주기

♡ 약속 잘 지키고 약속시간에 먼저 나와 있기

♡ 연락 잘하고 자주 해주기

♡ 의견 존중해주고 무슨 일이든 편들어주기

관심사가 비슷해 쿵짝이 잘 맞는 사람

찰떡조합 vs 기름조합

처음에는 잘해주다가 익숙함에 무심해지는 사람

ESFJ의 사랑 단계별 설명서

step 01 호감 있을 때와 없을 때

호감 X

친구들이랑
다 같이 놀자고 초대함.

호감 ○

둘이서만 보내는 시간
만들려고 함.

step 02   좋아하는 사람 앞에서

공통점을 찾으려 하고,
주위에서 맴돌며 말 걸 기회 노림.

step 03   사랑에 빠졌을 때

눈치 보면서 상대방이 자신을
어떻게 생각하나 파악함.
서로 호감이 있다고 판단되면
먼저 고백함.
판단이 계속 늦어져서
타이밍을 놓치는 경우가 많음.

ESFJ가 연애할 때는?!

우리 엣프제는요...🎀 상대를 케어해주길 좋아하는 ESFJ!

친절하고 배려심이 깊어서 모든 사람에게 사랑받는 타입이다.

1:1의 만남보다는 다수의 모임을 더 좋아하는 **ESFJ**는 연인이 자신이 속한 모임에 함께 참여해주길 바란다.

귀가 얇고 주변 평판에 잘 흔들리기 때문에 **ESFJ**를 만날 때는 친구들에게도 잘 보이는 게 중요하다.

자신이 주는 사랑을 인정받고 그만큼 사랑으로 보상받고 싶어하기 때문에, **ESFJ**에게는 받는 만큼 애정으로 보답해야 관계를 원만하게 유지할 수 있다.

ESFJ는 진지한 이야기보다 가벼운 이야기를 많이 하는 편인데, 혹시 **ESFJ**가 무거운 이야기를 한다면 중요한 문제이므로 진지하게 경청해주는 것이 좋다.

ESFJ와 연애할 때 주의사항!

친절함	MAX
오지랖	
단호함	

장점 사람을 좋아하고 항상 조화와 균형을 중요시함.
사랑을 듬뿍 주는 타입.

단점 주변 사람들 이야기에 잘 흔들림

ESFJ의 짝사랑…

이별 처방전

 ESFJ 님

연인과 안 맞는 이유

대화를 혼자 이끌어가는 기분을 느낄 때

이별 후 대처법

이별 후유증이 꽤 오래가는 엣프제는

전 연인에 대해 계속 미련을 버리지 못해요.

전 연인이 새로운 사람을 만나길 기다리는 수밖에 없어요.

내가 알던 ESFJ는?

제가 알던
엣프제는 말이죵..

새롭게 이해한 ESFJ는?

네가 그래서
그랬구나~

ESFP

파티피플 펭귄

쿠크다스 멘탈

의외로 회피형 인간

고집

♡오지라퍼♡
(정이 차고 넘쳐)

노는 게 제일 좋아!

노는 게 좋은 거지!!

친구들 모여라!

ESFP 머릿속

갈등 싫어..!!
침묵 싫어..!!

흥부자

건망증

금사빠

파!티!
피!플!

충동적

관종

단순

ESFP
파티피플 펭귄

ESFP는 항상 파티의 주인공이에요.

모든 MBTI 유형 중 **ESFJ**와 함께 가장 외향적 성향이 강한 **ESFP**는 모임을 가지면 친구의 친구의 친구까지 모두 즐겁게 놀 수 있는 붙임성을 가졌습니다. 주목받는 걸 좋아하고 낯가림이나 부끄러움이 잘 없는 **ESFP**는 주변에 모르는 사람이 없을 정도로 성격이 밝고 사교적입니다.

정이 많고 사람을 좋아하는 **ESFP**도 의외로 사람에 대해 호불호가 명확하고, 좋고 싫음이 그대로 표정에 다 드러나는 편입니다. 단순하고 낙천적이지만 멘탈은 약해서 상처를 잘 받아요. 하지만 고민하는 시간이 길지 않고 모든 감정을 있는 그대로 표출해서 금방 회복하기 때문에 스트레스를 쌓아두지는 않습니다.

ESFP는 깊은 대화를 어려워하기 때문에 고민 상담이나 논쟁은 피하려고 합니다. 때로는 진지함이 결여되어 있고, 수다스럽게 보일 수 있습니다. 책임감이 부족하고 억압당하는 것을 싫어해서 조직 생활보다는 자유로울 때 능력을 발휘해요.

개방적이며 자유를 추구하는 ESFP는 현재 주어진 삶에 감사할 줄 알며, 평균 행복도가 가장 높은 타입 중 하나예요.

ESFP의 사회생활

눈 마주치면
윙크함

회식 때마다
"3차는 노래방으로!"
외치는 부장님

"퇴근까지 15분 남음"
퇴근 시간 알리미.
퇴근하고 놀 생각 가득함.

장기자랑 휩쓰는
학교 내 연예인

중요도

도전정신

자유

상호 존중

계획

ESFP의 호불호

친구들과
즐거운 시간

도전정신

춤

진지한 이야기

계획

갈등

ESFP에게 흥이란?

뭐라구??
춤추느라
못 들었어욥!

댄싱머신

ESFP의 소원

주님! 제가
세상일을 좀 더 진지하게
대할 수 있도록
도와주세요!

특히 춤이랑
파티를요!

*흥 못 참음

ESFP의 대인관계

☑ 서프라이즈, 깜짝파티 좋아한다

☐ 붙임성, 인사성이 좋다

☐ 좋은 사람, 싫은 사람 구분이 명확하다

☐ 정이 많고, 거절을 잘 못한다

☐ 주목받길 좋아하며, 쾌활하고 밝다

☐ 토론과 논쟁을 별로 좋아하지 않는다

☐ 대화하다가 침묵 흐르는 걸 제일 싫어한다

☐ 사람의 단점보단 장점을 보려 한다

ESFP랑 짱친 되는 법

데헷!

ESFP 주특기 : 신나면 애정 발사
난이도 ★

♡ 불만 있으면 돌려 말하지 않기(못 알아들음)

♡ 텐션이 높아져 있을 때 잘 맞춰주기

♡ 엣프피의 농담을 오해하지 않기(안 맞는다고 생각함)

♡ 카톡 확인하면 바로 칼답해주기

친화력이 좋아서 친구의 친구랑도 금방 같이 놀기 가능

ESFP 우정 BINGO!

행동력	깜짝 이벤트	감정 표현 잘 해주기
많은 관심 주기	자유 존중해주기	연락 자주 하기
장난 잘 받아주기	예의 바름	소소한 선물

*흥 주체 못 하는 귀여운 관종임

*몽땅 해당사항임

(145)

ESFP가 듣고 싶은 말!

귀여운

나 등장!

너랑 노는 게 세상에서 제일 즐거워!

소개팅에서 ESFP는?

아이참!

 난이도 ♥♡♡♡

♡ 유혹에 약함

♡ 호감이면 표현을 적극적으로 잘함

♡ 성격이 엄청 급함

♡ 싸움 1도 못하면서 센 척은 1등

ESFP 유혹하기

♡ 말 잘 들어주고 공감 잘해주기

♡ 함께 있을 때 즐겁고 편한 분위기 만들어주기

♡ 자존감을 높여주고, 다정하게 대하기

♡ 유머 코드 맞춰주고, 정적이 생기지 않게 하기

♡ 낯가리거나 수줍은 모습보다는 적극적인 모습 보이기

♡ 빙빙 돌려 말하기보단 똑 부러지게 말하기

♡ 연락 잘하고 먼저 다가가기

내 흥과 끼를 잘 받아주는 사람

찰떡조합 vs 기름조합

규칙과 규율에 집착하는 보수적인 사람

ESFP의 사랑 단계별 설명서

step 01 호감 있을 때와 없을 때

호감 X

모두에게 잘해줌.
하지만 다가오면
선 그음.

호감 ○

우리 만나!
내일 놀래?
그럼 만나!!

step 02 좋아하는 사람 앞에서

관심받고 싶은 마음에
상대방을 의식해서
목소리가 커짐.

step 03 사랑에 빠졌을 때

좋아하는 사람 생기면 대놓고
꼬시거나 먼저 고백함.
충동적으로 고백할 때가 많고
혼자 상상하는 걸 좋아함.
금방 사랑에 빠지고 금방 식음.

ESFP가 연애할 때는?!

우리 엣프피는요...✄ 서프라이즈 이벤트광 ESFP!

항상 텐션이 높고 충동적인 ESFP는 즉흥적인 데이트를 좋아하고, 공감과 애정표현을 잘하며 잘 챙겨주는 이성을 좋아한다. 외로움을 많이 타서 꾸준한 연락과 관심이 필요하다.

싫고 좋음이 얼굴에 잘 드러나서 표정만 봐도 이들의 마음을 대략 짐작할 수 있다.

금방 사랑에 빠지는 ESFP는 연애를 시작하면 연인에게 진심으로 최선을 다하며 열정적이지만 금방 콩깍지가 벗겨지는 편이다. 하지만 정이 많고 낙천적이라 싸우거나 서운한 일이 있어도 바로 풀고 잊어버리는 장점을 지녔다.

털털함과 넘치는 흥으로 연인을 지루할 틈 없게 해주지만, 통제나 간섭, 잔소리가 심하면 자유롭고 개성이 강한 ESFP와 장기적인 연애는 어렵다.

ESFP와 연애할 때 주의사항!

ESFP

털털함 ████████████ MAX
긍정 ██████████
진지함 ███

장점   연인을 행복하게 만들어주는 데 최선을 다함

단점   집중력 없고 주의가 산만함

ESFP의 짝사랑···

마음에 들면 대놓고 꼬시려고 함.
하지만 마음대로 안 되어서 뚝딱거림.
사소한 일에 설레면서 곱씹음.

이별 처방전

ESFP 님

연인과 안 맞는 이유

지루하고 올드한 사람으로 느껴질 때

이별 후 대처법

친구들을 만나서 분노, 슬픔, 미련 등등
뭐든 다 있는 그대로 표현해버리고 털어내보세요.
새로운 인연을 찾는 데 자연스럽게 용기가 생길 거예요.

내가 알던 ESFP는?

제가 알던
엣프피는 말이죵..

새롭게 이해한 ESFP는?

네가 그래서
그랬구나~

ESTJ

잔소리 대마왕 꿀벌

원리 원칙

현실성 + 효율성

꼼꼼한 계획
(일정 절대 지켜)

자기 관리

사바사 사회성

아무진 구입 목록

불합리함? 못 참지
당연 부도덕도 못 참아

ESTJ 머릿속

꼰대

쓸데없는 시간 낭비 딱 싫어

은근하게 허당미

가봐, 내가 뭐랬어

팩트

ESTJ

ESTJ
잔소리 대마왕 꿀벌

ESTJ는 일할 때 철저하고 똑 부러지는 완벽주의자, 워커홀릭이에요.

집념이 강해서 한번 시작한 일은 끝까지 해내려고 노력하고 궁금한 건 무조건 알아내야 하며, "원래" "그냥"이란 말로 그러려니 넘어가는 걸 정말 싫어해요. 항상 목표나 계획을 철저하게 세우고 꼭 지킵니다.

자신의 신념과 관습을 중요시하기 때문에 변화를 바로바로 수용하길 어려워하고 융통성이 조금 부족합니다. 약속 어기는 걸 싫어해서 시간 약속도 꼭 지키는 편이며, 사회의 규칙 역시 잘 지키려고 합니다. 일뿐만 아니라 생활 속에서 물건 하나를 구입할 때도 가격, 품질 등을 다 구체적으로 따져보며 사는 꼼꼼한 성격이에요.

ESTJ는 타인의 감정을 고려하는 능력이 부족해 감정적으로 치우친 사람을 이해하지 못합니다. 누군가 힘든 이야기를 털어놓으면 공감보다는 상황을 분석하고 해결책을 제시합니다. 직설적인 말투로 타인에게 상처를 줄 때도 있어요.

일적으로 인정받는 것을 중요하게 생각합니다. 성실하고 책임감 강한 ESTJ는 자신이 하는 일에 자부심을 가지고 있는 만큼 남들에게 인정받는 것에서 큰 행복을 느껴요.

ESTJ의 사회생활

무표정이지만
똑 부러져 보임

"제가 할게요"
멍청한 사람을
시키기보단
내가 하는 게 나음

부당한 상사를
고발하려는 과장

봐주는 거 없는
엄격한 선도부

중요도

↓

체계

↓

합리적

↓

공정성

↓

융통성

ESTJ의 호불호

의리

칭찬

체계화

게으른
사람

변명

무계획

ESTJ에게 일이란?

완벽해야지.
일은 내 삶이자
원동력인데.

일 중독자

ESTJ의 소원

주님, 제가
다른 사람들에게
따듯한 말을 할 수 있게
도와주세요.

근데 요즘 사람들은
도대체 왜 그럴까요?

*엄격함

ESTJ의 대인관계

check list

- ☑ 일적으로 다른 사람에게 인정받는 걸 좋아한다

- ☐ 일 못하면 나쁜 사람, 일 잘하면 좋은 사람이다

- ☐ 누가 고민 상담을 하면 객관적으로 판단한다

- ☐ 이성적·직설적이고, 호불호가 확실하다

- ☐ 주변 사람들에게 팩폭을 자주 한다

- ☐ 시간 약속, 규칙을 어기는 사람들을 혐오한다

- ☐ 겉과 속이 일치해서 뒷담화는 잘 안 한다

- ☐ 싸우는 거 싫어하지만 싸워서 지는 걸 더 싫어한다

ESTJ랑 짱친 되는 법

흠..

ESTJ
주특기 : 잔소리 폭격기
난이도 ★★★

♡ 돌려 말하지 않고 직설적으로 말하기

♡ 일, 관심 분야에 대해 관심을 갖고 물어봐주면 좋아함

♡ 카톡 안읽씹/단답 싫어함

♡ 할 말 없을 땐 실속 없는 이야기하지 않고 적당한 타이밍에 끊기

엣티제가 질문을 많이 하고 도와주려고 한다면 이미 짱친

ESTJ 우정 BINGO!

배울 점 있는 사람	같이 계획 짜기	감정 기복 적은 사람
기본적인 상식, 예의 갖추기	시간 약속 잘 지키기	능력 인정해주기
자존감 높은 사람	잔소리 잘 들어주기	사생활 존중하기

*이게 안 되면
계에 희망이란 없음

*몽땅 해당사항임

ESTJ가 듣고 싶은 말!

이 맛에

살지^.^

" 네 말대로 하니까 잘되더라. 고마워!! **"**

소개팅에서 ESTJ는?

오호..

ESTJ 난이도 ♥♥♥♥♡

♡ 첫 만남에서 호구조사함

♡ 상대방도 본인 같길 원함

♡ 물질적으로 호감을 표현함

♡ 외적인 모습을 많이 봄

ESTJ 유혹하기

♡ 자기 일을 열심히 하고 책임감이 있음을 어필하기

♡ 예의 바르고 배울 점이 많은 진중한 모습 보이기

♡ 감정 표현 많이 해주고, 감정에 솔직하기

♡ 챙겨줄 때 알아주고 고마워하기

♡ 조언을 잘 받아들이는 모습 보여주기

♡ 흥청망청 노는 철없는 모습 자제하기

♡ 업무 성과에 대해 진심으로 칭찬해주기

자기가 한 말은 지키는 거짓된 모습 없는 사람

찰떡조합 vs 기름조합

게으르고 충고를 받아들이지 못하는 사람

ESTJ의 사랑 단계별 설명서

step 01 호감 있을 때와 없을 때

호감 X	호감 ○
비즈니스적인 친절을 베풂, 그뿐임.	나와 연애할 때의 장점을 뽐내고 인지시킴.

step 02 좋아하는 사람 앞에서

쳐다보고
다시 보고
계속 쳐다봄.

step 03 사랑에 빠졌을 때

깊고 진지하게 누군가를
좋아하는 경우는 많이 없지만
일단 누군가를 좋아하게 된다면
창피해서 주변에 말을 잘 안 함.
고백하기 전에 상대와
내가 잘 맞을지
따져보고 고백함.

ESTJ가 연애할 때는?!

우리 엣티제는요...☄️ 완벽한 데이트를 추구하는 ESTJ!

연애 시 철저한 계산과 계획으로 순조롭게 연애하길 원하고, 거짓말을 매우 싫어하며, 약속에 대해서 신중하게 받아들인다. 완벽주의자인 만큼 연애에 있어서 상대에게 책임감이 강하다.

뚜렷한 목표나 인생계획이 있는 사람에게 호감을 느끼고, 함께 미래를 그리며 가치관을 나눌 수 있는 사람을 선호한다. 또 사소한 것이라도 배울 점이 있는 사람을 만나려고 하는 편이다.

ESTJ는 애정의 표현으로 상대를 챙겨주고 조언을 많이 해주는 편이다. 그런 ESTJ의 조언을 참견으로 느끼는 사람보다는 받아들일 줄 아는 사람과 궁합이 잘 맞다.

하지만 감정 표현이 서툴고 배려가 부족한 면이 있으며 고집이 세기 때문에 다툴 때 절대 지지 않으려는 승부욕이 강하다.

ESTJ와 연애할 때 주의사항!

잔소리	MAX
자기 관리	
융통성	

장점 책임감이 강한 엣티제는 상대를 우선시하고
사소한 걸로 잘 싸우지 않음

단점 가끔씩 상대방을 통제하려는 성향이 있음

ESTJ의 짝사랑…

이별 처방전

ESTJ 님

연인과 안 맞는 이유

연인이 나한테 집중을 못할 때(시간이 아깝다고 느껴짐)

이별 후 대처법

이별해도 자기 루틴 하나도 안 놓치는 엣티제이지만
너무 바쁘게 지내기보다 몸과 마음의 휴식이 필요해요.
소소한 취미활동이 도움될 거예요.

내가 알던 ESTJ는?

제가 알던
엣티제는 말이죵..

새롭게 이해한 ESTJ는?

네가 그래서
그랬구나~

ESTP

허세 가득 너구리

친화력 최강

자기애 넘침

내기

인. 싸

노빠꾸

내가 최고야! ♥

말썽의 신

약간의 허세^^

아 그냥 솔직하게 말할게!

인생 한방!

ESTP 머릿속

자존심

자유

변태

고민할 게 뭐 있어

감정 뒤끝 X

관종

다른 사람한테 관심 X

공감 능력 제로

ESTP

ESTP
허세 가득 너구리

ESTP는 타고난 센스와 유머러스함으로 어디서든 적응을 잘합니다.

단순하고 자신감 넘치는 ESTP는 경쟁, 내기, 즉흥, 번개 같은 스릴 넘치는 걸 좋아해요. 선입견이 없고 뒤끝 없이 쿨한 성격이라 주변 사람들에게 많은 인기를 얻어서 조장이나 반장으로 추천되는 경우도 많습니다.

사람을 좋아하고 사람에게 관심이 많은 ESTP는 오감이 발달되어 있어서 관찰력이 뛰어나기 때문에 눈치도 빠르고 사람이나 사물을 잘 분석하고 파악합니다. 타고난 오감과 관찰력으로 문제를 해결하는 능력이 탁월하지만 반대로 겁이 없고 도전적이라 말썽을 부리는 데도 천재적이에요. 가끔 충동적인 행동으로 사람들을 깜짝 놀라게 하지만 나름의 계획과 해결책이 있는 경우가 많아요.

ESTP는 남의 눈치를 보지 않고 자기애가 강한 강철 멘탈의 소유자입니다. 논쟁이 일어나도 직설적·논리적으로 할 말을 다 해버리기 때문에 대인관계에서 스트레스 받는 일은 거의 없어요.

ESTP는 미래지향적이기보다 현재를 즐기고, 사람을 만나면서 에너지를 얻기 때문에 워라밸을 중요하게 생각합니다.

ESTP의 사회생활

허세가
느껴지는 표정

무례한
농담하고
혼자
웃고 있는 부장님

ESTP

"맞다 까먹었다"
일에 대한 열정에 비해
마무리가 부족함

호탕해서
인기 많은데
화나면
감당 안 됨

중요도

자유

⬇

목표

⬇

경쟁

⬇

규칙

ESTP의 호불호

스릴 넘치는
상황

나를 뽐내는
순간

내기

예민한
사람

철학

논쟁

ESTP에게 충동이란?

통장 잔고로 2만 원 남긴 했는데, 배고파서 일단 치킨 시켰어요!

과잉충동

ESTP의 소원

주님! 제가 한 행동들에 대해 스스로 책임감을 갖도록 도와주세요.

대부분 제 잘못이 아니었지만요!

*자기 합리화 잘함

ESTP의 대인관계

check list

- ☑ 선입견이 없고 개방적이다

- ☐ 경쟁, 내기, 즉흥, 번개를 좋아한다

- ☐ 상대방을 편하게 해준다

- ☐ 주변에서 일어나는 일에 관심이 많다

- ☐ 눈치가 빠르다

- ☐ 뒤끝이 없고 쿨하다

- ☐ 조별 활동의 조장, 반장 역할을 많이 하는 편이다

- ☐ 오는 사람 안 막고, 가는 사람 안 잡는다

ESTP랑 짱친 되는 법

헤이!

ESTP
주특기 : 무자비한 장난
난이도 ★

♡ 다양한 경험하러 다니기

♡ 대화의 주제가 휙휙 바뀌어도 리액션 잘하면서 들어주기

♡ 예전에 말했던 고민거리로 또 고민하며 답답한 모습 보여주지 않기

♡ 기분 나쁜 거 있으면 솔직하게 그 자리에서 표현하기

친구 관심사에 관심 가져주고 같이 해보려 함

ESTP 우정 BINGO!

실용적인 선물 주기	개방적임	흥미로운 사람
변덕 맞춰주는 사람	자유 존중해주기	충동적인 모험
다양한 체험 같이 하기	간결한 의사소통	유머감각

*맞춰줄수록
텐션 쭉 올라감

*몽땅 해당사항임

ESTP가 듣고 싶은 말!

66 좀 별종이지만 넌 정말 좋은 사람이야 99

소개팅에서 ESTP는?

헷!

ESTP   난이도 ♥♥♡♡♡

♡ 첫 만남에서 편안한 분위기를 추구

♡ 직설적인 화법임(악의는 없음)

♡ 저돌적으로 직진함

♡ 화려하고 발랄함

ESTP 유혹하기

♡ 본인의 매력을 한번에 보여주기보다는 천천히 보여주기

♡ 새로운 경험으로 인상 깊은 추억 만들기

♡ 편한 분위기 만들어주기

♡ 현실적이고 계획적인 모습 보여주기

♡ 감정 삭이지 말고 그때그때 솔직하게 할 말 하기

♡ 이야기할 때 편 들어주고 리액션 잘해주기

♡ 사랑에 올인하기보다 자기 일 열심히 하는 모습 보여주기

충동적인 행동을 보완해줄 성숙한 사람

찰떡조합 vs 기름조합

내 생활에 너무 간섭하는 사람

ESTP의 사랑
단계별 설명서

step 01 호감 있을 때와 없을 때

호감 X

내숭이라곤
찾아볼 수 없이
털털함.

호감 ○

멋있고
존경스러운
모습을 보여주려 노력함.

step 02 　　좋아하는 사람 앞에서

다른 사람한텐 능글맞게
장난 잘 치다가
좋아하는 사람 앞에서는
갑자기 고장남.

step 03 　　사랑에 빠졌을 때

좋아한다는 마음의 확신이 들면
밀당할 줄 몰라서 당기기만 함.
한번 사랑에 빠지면
깊게 빠져들고
올인하게 됨.

ESTP가 연애할 때는?!

우리 엣팁은요...🪁 자유를 사랑하는 ESTP!

계획적인 데이트보다는 즉흥적으로 떠나는 여행, 유쾌하고 다양한 데이트를 선호한다.

사생활과 자유로움을 중요시하기 때문에 구속을 싫어한다. 그래서 상대에게도 대체로 관대하며 개방적이다. 하지만 은근히 보수적인 면이 있어서 상대가 기본적인 매너가 있는지, 남들에게 예의가 바른지를 중요하게 보는 편이다.

감정을 직설적으로 표현하는 경향이 있어서 연인의 입장에서는 서운함을 느낄 수 있지만, 그만큼 좋은 감정도 나쁜 감정도 모두 그 자리에서 털어내고 뒤끝 없이 상대를 대한다는 장점이 있다.

ESTP는 눈치가 빨라서 상대의 기분이 어떤지 말하지 않아도 빠르게 캐치하는 편이다. 상대가 뭘 하는지 관심이 많아서 사람에 따라서는 귀찮게 느껴질 수도 있다.

ESTP와 연애할 때 주의사항!

ESTP

충동성	MAX
장난	
진중함	

장점	사랑에 빠지면 해바라기가 되는 엣팁. 적당한 애정과 관심으로 사랑이 잘 유지됨.
단점	처음에는 통제가 좀 힘들 수 있음

ESTP의 짝사랑...

물질적으로 많이 챙겨줌.
플러팅 장인이지만
의외로 좋아하는 사람에게는
플러팅을 못하고 매력 어필만 함.

 이별 처방전

 ## ESTP 님

─ 연인과 안 맞는 이유 ─

지루하거나 부담스러운 관심을 주는 애인

─ 이별 후 대처법 ─

이별 후유증이 하나도 없는 것처럼 행동하지만,

사실 마음 한구석에 덮어두기 때문에

영원히 극복되지 않을 수 있어요.

억지로라도 조금은 꺼내서 털어내보기도 해야 해요.

내가 알면 ESTP는?

제가 알던
엣팁은 말이죵..

새롭게 이해한 ESTP는?

네가 그래서
그랬구나~

INFJ

속을 알 수 없는 양

섬세   공감   생각 정리할 시간

걱정   괜찮은 척   신뢰

포커페이스 ^_^

덕질 ♥

아휴.. 내가 참자^_^

도덕적 신념

INFJ 머릿속

배려

너무 가까워지기 싫은데..

강박증

눈치 빠르지만 눈치 없는 척..

철학적인 생각

하.. 제발 맞춤법

고차원적인 상상

완벽주의자

일어날 수 있는
100만 가지
상황 상상중

INFJ

INFJ
속을 알 수 없는 양

INFJ는 매사에 신중하며, 계획 세우기를 좋아해요.

감정적이면서 동시에 이성적이고, 보수적이면서 동시에 반항적이기도 한 INFJ는 모든 MBTI 유형 중 가장 이해하기 힘들고 미스터리한 유형이에요.

생각이 많고 감수성이 풍부해서 자신의 상상력이 자극되는 창작물을 좋아해요. 예술 및 문학 분야에 많은 관심과 지식을 지녔으며 그 분야에 뛰어난 감각을 가진 사람이 많습니다. 비범한 통찰력을 가져서 미래를 예측하는 것도 좋아하고, 심리학에 관심을 가지는 경우도 많아요.

대인관계에서 INFJ는 상대방에게 개별적으로 자신의 성격을 맞추는 편이고, 내가 피곤하더라도 남들을 배려하는 걸 마음 편히 여겨요. 누구에게나 친절하기 때문에 주변 사람들은 INFJ와 친해졌다고 생각하지만 정작 INFJ는 그렇지 않은 경우가 많습니다. 아무리 친해도 자신의 생각을 완벽하게 공감해줄 사람은 없다고 생각하는 내면세계가 깊은 사람이에요.

스스로에게 엄격하고 감정적이지만 이성적인 판단을 하려고 하는 편입니다. 근거 없이 말하는 걸 싫어해서 본인도 감정이 앞설 땐 혼자서 생각 정리할 시간이 필요해요. 도덕적 관념이 높고 사회적 불의에 굉장히 민감한데, 특히 불합리한 상황과 거짓말을 싫어해요.

INFJ의 사회생활

친절한 표정
(겉으로라도^_^..)

"넵"
묵묵하게
일 금방 배우고 잘함

흐흐..

부조리한 규칙들을
메모하고 있는
신입사원

중요도

도덕적 신념

책임감

계획

인간관계

반에서 모두와
적당히 친함
(찐친은 없음)

INFJ의 호불호

인정과 칭찬

상상

덕질

틀어지는
계획

오해

비난과
갈등

INFJ에게 생각이란?

...
(너네 어차피 내 생각
이해 못 하잖아.)

45678차원

INFJ의 소원

주님, 제가
완벽주의자가 되지
않도록 도와주십시오.

근데 지금 제가
맞춤법에 맞게
제대로 썼나요?

＊맞춤법 포기 못 함

INFJ의 대인관계

check list

- ☑ 과묵한 편이지만 **E** 유형으로 오해받을 때도 있다
- ☐ 여러 사람과의 모임보다 둘의 만남을 선호한다
- ☐ 깊은 대화와 가벼운 대화가 모두 가능하다
- ☐ 철학적인 이야기를 좋아한다
- ☐ 이야기를 잘 들어준다
- ☐ 상대에게 맞춰서 성격을 바꾼다
- ☐ 속내는 잘 털어놓지 않는 편이다
- ☐ 친해지는 것도 어느 정도 선이 있다

INFJ랑 짱친 되는 법

고-요..

INFJ
주특기 : 친한 사람 한정 광기
난이도 ★★★★★

♡ 눈치가 빨라서 사소한 거짓말도 딱 눈치챔

♡ 약속 시간에 늦는 걸 안 좋아함

♡ 다른 사람에 대한 안 좋은 이야기 전하거나 뒤에서 욕하지 않기

♡ 가치관이 확실한 타입이라 공감해주면 좋음

♡ 인프제가 뭔가를 해주면 고마움을 충분히 표현하기

찐친의 고민에 진심임. 조언을 아낌없이 한다면 찐친!

INFJ 우정 BINGO!

깊은 대화 하기	솔직하기	서로 챙겨주기
기본적인 예의 지키기	공통된 가치관	공통된 관심사
칭찬 많이 해주기	찰떡 같은 개그 코드	혼자만의 시간 존중해주기

*이거 틀어지면
뭘 해도 소용없음

*몽땅 해당사항임

INFJ가 듣고 싶은 말!

" 내가 깊은 생각을 할 수 있게 해줘서 고마워 "

소개팅에서 INFJ는?

오..ㅎㅎ

INFJ 난이도 ♥♥♥♥♥

♡ 이성에 대한 이상이 매우 높음

♡ 어려움. 그냥 어려움

♡ 내숭을 잘 떪

♡ 분위기가 좋았더라도 이어지지 않을 가능성이 높음

INFJ 유혹하기

♡ 도덕적이고 예의 바른 모습 보여주기(맞춤법 중요함)

♡ 거짓말 안 하고 매사에 솔직히 이야기해주기

♡ 몸에 밴 다정함과 친절함 보여주기(과하면 안 됨)

♡ 자신의 가치관과 목표가 뚜렷함을 어필하기

♡ 생각이 건강하고 배울 게 많은 사람임을 보여주기

♡ 비슷한 관심사로 어필하기

거짓말하지 않고 신뢰가 가는 사람

찰떡조합 vs 기름조합

답답한 걸 싫어하고 성격이 불 같은 사람

INFJ의 사랑 단계별 설명서

호감 있을 때와 없을 때

호감 X	호감 ○
친절하지만 은근히 거리 두고 피함.	약속 계획을 완벽하게 짜고 뭐든 챙겨주려 함.

step 02 좋아하는 사람 앞에서

안 좋아하는 척, 관심 없는 척함.
좋아하는 티가 안 나서
연인으로 발전된 적은 없음.

step 03 사랑에 빠졌을 때

무서워서 고백하지는 못하고
혼자 좋아함.
상대가 본인을
좋아해주길 기다림.

INFJ가 연애할 때는?!

사랑에 대한 이상이 높아 동화나 드라마 같은 만남을 꿈꾼다. 하지만 조심스럽기 때문에 연애를 시작할 때 굉장히 신중하다.

배려심이 깊고 생각이 성숙한 사람을 좋아하기 때문에 현실적인 조건보다는 상대방의 내면을 많이 보는 편이다.

연애 시 주도권을 상대 쪽에 넘겨주는 걸 마음 편히 여긴다. 갈등을 싫어하는 평화주의자라서 되도록 양보하고 헌신적이지만, 자신만의 선이 정해져 있어 본인 기준에서 이해할 수 없는 행동과 말에 쉽게 정이 떨어지는 편이다. 특히 거짓말에 민감해서 신뢰를 잃으면 이별까지 생각하게 된다.

INFJ는 상대에게 자신을 맞추고 싫은 소리를 못하기 때문에 연인으로는 감정을 숨기지 않고 솔직하면서도 대화를 중요시하는 사람을 선호한다.

INFJ와 연애할 때 주의사항!

눈치		MAX
배려		
자기 주관		

장점 한번 사랑에 빠지면 하염없이 빠져듦.
늘 배려하고 희생적인 인프제.

단점 선 넘기 전까지는 연인에게 한없이 관대하지만
인프제가 정한 선을 넘으면 칼같이 손절함

INFJ의 짝사랑…

티 안 내려고 전력을 다함.
온 힘을 다해 밥 먹자고
겨우 이야기 꺼냄.
차이는 상상 300번쯤 하고
결국 무서워서 고백 못 함.

이별 처방전

 INFJ 님

 연인과 안 맞는 이유

내가 정한 선을 넘었을 때

이별 후 대처법

아무렇지 않은 척하다 한 번씩 눈물 터지는 인프제.

헤어지고 나면 인류애를 상실할 만큼 상처를 크게 받는데,

새로운 사랑을 시작할 용기를 내는 것이

아픔을 극복하는 데 가장 좋은 방법이에요.

내가 알던 INFJ는?

제가 알던
인프제는 말이죵..

새롭게 이해한 INFJ는?

네가 그래서 그랬구나~

INFP

우울한 토끼

상냥^^
(피곤하면 사회성 바로 떨어짐)

하.. 감성에 취한다

현실감 0%

운명일까..?!

내적 관종
(남 눈치 많이 봄)

쭈구리,,

자신감 X

걱정만 산더미
(실행력 0%)

내가 뭐 실수했나..?

INFP 머릿속

무한 상상ing
쉿..!★ 인프피는 망상중

말랑말랑

번아웃

나 는.. ㅈ ㅏ 주.. 눈물 울..
흘린 ㄷ ㅏ ㅏ 또륵..☆

겸손

MBTI 과몰입

귀차니즘

맞아 그럴 수 있징
(하지만 선 넘으면 내적 손절)

무서엉..

INFP

INFP
우울한 토끼

INFP는 감수성이 풍부해서 잡생각이 많고 눈물도 많습니다.

주위의 사소한 안 좋은 자극에도 쉽게 멘붕이 일어나요. MBTI 유형 중 가장 멘탈이 약한 유형입니다. 가끔은 우울한 본인 모습에 심취하기도 합니다.

타인에게 동글동글하고 배려심이 깊어서 누구에게나 좋은 인상을 심어 주지만 독립적인 면이 있기 때문에 혼자만의 시간을 중요하게 여겨요.

공감을 잘해주지만 의외로 남한테 관심이 없고 사람을 잘 믿지 않아요. 정말 친한 사람 이외에는 자신의 깊은 내면을 보여주지 않으려고 합니다.

무한한 상상력으로 본인의 이상적인 모습을 그려보며, 내적 성장을 중요하게 여깁니다. 관심 있는 일에는 열정을 보이며 집중하지만, 우유부단하고 반복되는 일에 대한 인내심이 부족하기 때문에 순간의 열정으로 결과물을 낼 수 있는 예술 관련 분야에 가장 어울리는 유형이에요.

타인이 자신의 일에 간섭하거나 잔소리하는 것을 싫어하고 자신도 남들에게 가르치려 들지 않는 편입니다. 논쟁이나 다툼을 싫어하고 갈등을 회피하는 타입이에요.

INFP의 사회생활

평소 얼빠진
어색한 표정

회식만 하면
귀신같이 사라져서
한 번도
참가 안 한 사원

"하핫.. ^^"
무슨 일이든 간에
일단 웃고 봄

학교에서
친구 한정 흥부자

중요도

인간관계

↓

책임감

↓

규칙

↓

계획

INFP의 호불호

맑은 하늘

혼자만의 시간

취향존중

눈치 보이는 상황

갈등

통제와 간섭

INFP에게 눈물이란?

마르지 않는 샘물..?

인간 수도꼭지

INFP의 소원

주님,
부디 제가 시작한 일은

반드시
끝낼 수 있..!

*마무리를 잘 못함

INFP의 대인관계

☑ 마음이 맞는 소수의 사람들과 깊은 관계를 맺는다

☐ 감정적인 공감 능력이 뛰어나다

☐ 낯을 많이 가린다

☐ 갈등 상황을 최대한 피하고 싶어한다

☐ 내 사람들에게 헌신적인 편이다

☐ 주변 사람들의 눈치를 자주 본다

☐ 혼자만의 시간을 갖는 것도 매우 중요하다

☐ 다가가기 어렵다는 말을 종종 듣는다

INFP랑 짱친 되는 법

안..뇽..?

INFP
주특기 : 친한 사람 한정 징징대기
난이도 ★★

♡ 인프피 말 끝나고 나면 정적 없이 바로 리액션 해주기
  (자기 때문에 갑분싸 되었다고 생각할 수 있음)

♡ 잘못한 거 없는데 눈치 보고 있으면 도와주기

♡ 부둥부둥 칭찬 많이 해주기

♡ 사소한 것 하나하나 기억하고 잘 챙겨주기

자기 이야기를 많이 하고, 감정을 많이 드러내면 짱친이란 증거!

INFP 우정 BINGO!

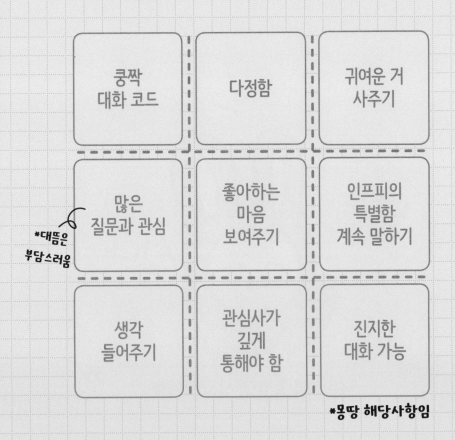

쿵짝 대화 코드	다정함	귀여운 거 사주기
많은 질문과 관심	좋아하는 마음 보여주기	인프피의 특별함 계속 말하기
생각 들어주기	관심사가 깊게 통해야 함	진지한 대화 가능

*대뜸은
부담스러움

*몽땅 해당사항임

INFP가 듣고 싶은 말!

너무

신나

66 너는 아주 특별한 사람이야♥ 99

소개팅에서 INFP는?

하항..

INFP 난이도 ♥♥♥♡♡

♡ 온실 속 화초(유리멘탈)

♡ 머릿속 꽃밭 100만 평

♡ 상대방에게 최선을 다함

♡ 능력보단 성격 봄

♡ 말주변이 없음

INFP 유혹하기

♡ 우울함 받아주고 달래주기

♡ 감정적으로 공감해주고 마음 상태 자주 살펴주기

♡ 서툰 표현도 알아채주고 고마움 표현해주기

♡ 사소한 것까지 기억하고 있음을 어필하기

♡ 다정하게 대하고, 부담스럽지 않게 칭찬해주기

♡ 친화력 좋게 외향적으로 다가가고 말 걸기

♡ 취향 공유하며 대화 잘 이어가기

애정표현을 자주 하고 사랑을 퍼부어주는 사람

찰떡조합 vs 기름조합

너무 현실적이고 감정적인 상황에 대해
깊이 이해를 못 하는 사람

INFP의 사랑 단계별 설명서

step 01 호감 있을 때와 없을 때

호감 X	호감 ○
친한 척하면 웃으면서 뒷걸음질 침.	티 안 내려고 죽어라 노력함.

step 02   좋아하는 사람 앞에서

안 좋아하는 척 무뚝뚝해짐.
집 가서 '아, 그때 이렇게 할걸'
후회하며 이불 발차기.

step 03   사랑에 빠졌을 때

혼자 좋아하다가
가능성 없어 보이면 혼자 정리함.
내가 좋아하든 상대방이 좋아하든
그 감정을 의심하고 걱정함.
분명 티를 내려고 한 게 아닌데
자기도 모르게 온몸으로 티 내고 있음.

INFP가 연애할 때는?!

우리 인프피는요...✄ 연애에 무관심해 보이는 INFP!

낯을 가리고 사람에게 언제나 조심스럽기 때문에 연인을 만나기 까지의 과정이 길고 신중하다. 깊은 만남을 하지 않을 바에는 연애 자체를 시작하지 않기 때문에 자칫 무관심해 보일 수 있다.

친구 같은 편안한 관계를 선호하며, 급하게 서두르지 않고 천천히 나를 알아주는 사람을 원한다. 또 내면을 중요하게 생각하기 때문에 가벼운 사람보다는 정서적 교감이 가능한 진중한 사람에게 끌린다.

INFP는 사랑에 빠질 때 모든 것을 쏟아붓는 스타일이다. 상대방의 입장과 기분을 잘 배려하지만 갈등을 싫어해서 자신의 속마음을 숨기는 경우가 많은데 이런 부분이 오히려 더 큰 화를 불러일으킬 때가 많다.

자신의 감정을 숨기는 INFP는 눈치가 빠르고 적극적으로 문제를 해결해주는 사람과 궁합이 잘 맞다.

INFP와 연애할 때 주의사항!

감수성	MAX
우울함	
끈기	

장점	한번 애정 주기 시작하면 밑도 끝도 없이 주는 인프피. 표현도 많이 하고 일편단심 스타일.
단점	상처를 쉽게 받음

INFP의 짝사랑…

조금만 잘해줘도 혹시? 하고 흔들림.
콩깍지가 씌어 상대의 단점도 못 봄.
결혼해 태어날 아기 이름까지 생각하다가
어느 순간 혼자 정리함.

이별 처방전

INFP 님

연인과 안 맞는 이유

너무 현실적인 이야기만 하고 감정을 이해 못 해주는 연인

이별 후 대처법

자책하면서 자존감이 많이 무너질 수 있습니다.
자신의 풍부한 감정을 자극하는 새로운 일을 찾으면
어느새 괜찮아진 인프피를 볼 수 있습니다.

내가 알던 INFP는?

제가 알던
인프피는 말이죵..

새롭게 이해한 INFP는?

네가 그래서
그랬구나~

거만한 독수리

계획 없이 뭘 하겠단 거야

아, 그거 아닌데

내 사람 한정 따수움

응, 실컷 떠들어봐 어차피

지적 탐구

내.가.맞.아

그래서?
(결론이나 내놔)

똑똑

멍청하네(정뚝떨)

비평

원리 원칙

INTJ 머릿속

스트레스에 취약

오만

이성적인 해결 방안 제시

효율

고집불통

분석

공능제(공감 능력 제로)

치밀함

거만

INTJ

INTJ
거만한 독수리

INTJ는 비판적이고 독립적인 성향이 강해요.

지적 호기심이 높고 무엇이든 비판적인 분석을 기본으로 하기에 본인
의 생각에 확신이 찬 경우가 많습니다. 이 확신이 종종 남들에게 거만
하게 비치기도 합니다.

INTJ는 타인을 평가할 때 자신의 기준에 미치지 못하면 관계에 에너
지를 쏟지 않으려는 경향이 있습니다. 우선순위나 가치가 자신과 비슷
한 사람들만 주변에 두려고 해요. 이런 독립적인 INTJ도 아끼는 사람
에게는 표현을 잘 못해서 그렇지, 뭐든 도와주려고 하는 따뜻한 모습
을 보여요.

감정적 스트레스에 취약하기 때문에 감정의 공유를 비효율적이라고 생각하기도 합니다. 학교나 회사 등 조직 생활에도 적응하기 어려워해요. 사회생활을 잘하는 모습을 보이기도 하지만 그것은 필요에 의한 것으로 대인관계에는 딱히 관심이 없는 편입니다.

목표를 달성하는 것을 좋아하고 효율적으로 문제를 해결하는 방법을 찾는 데 능숙해서, 조직적인 업무보다는 개인의 성과를 낼 수 있는 일에 최적화되어 있습니다.

창의적인 생각을 많이 하고 그것을 실현시키는 데서 성취감을 얻어요. 실제로 INTJ는 지적 능력과 계획적인 성격을 바탕으로 자신의 아이디어를 심심치 않게 실현시키기도 합니다.

INTJ의 사회생활

로봇같이
기계적인 표정

공부 열심히 하는
전교 1등

광기 어린 눈으로
퇴근 안 하고 있는
개발자

"아.진.짜.요?"
회사용 페르소나 꺼내서
억지 리액션 가능

중요도

효율

계획

책임감

인내심

INTJ의 호불호

효율

분석

비평

위계질서

잡담

팀플레이

INTJ에게 사람이란?

세상에 믿을 수 있는 건
겉과 속이 같은 동물뿐이지

인간 혐오자

INTJ의 소원

주님,
제가 다른 사람들의
생각을 열린 마음으로
받아들이게
도와주세요.

비록 그들이
틀리긴 했지만.

*다른 사람들 생각을 이해 못 함

INTJ의 대인관계

check list

- ☑ 고집이 세고 융통성이 부족하다
- ☐ 타인에게 잘 보이고 싶다는 욕구가 적다
- ☐ 다가가기 어렵다는 말을 종종 듣는다
- ☐ 혼자서 모든 걸 해결하려는 의지가 강하다
- ☐ 감정에 휘둘리는 걸 싫어한다
- ☐ 인간관계 정리를 잘한다
- ☐ 사람에게 정붙이는 데 시간이 오래 걸린다
- ☐ 직설적인 말 때문에 냉철하다는 말을 많이 듣는다

INTJ랑 짱친 되는 법

INTJ 주특기 : 친한 사람 한정 챙겨줌
난이도 ★★★★★

♡ 감정적이지 않고 합리적인 모습 보여주기

♡ 주관 없이 기분대로 휩쓸리는 모습 보이지 않기

♡ 도덕성 또는 인성이 의심되는 행동(쓰레기 막 버리기, 뒷담화) 금지

♡ 수준이 높은 대화하기(이게 안 되면 사실상 짱친은 쉽지 않음)

진심 어린 조언을 해준다면 이미 짱친!

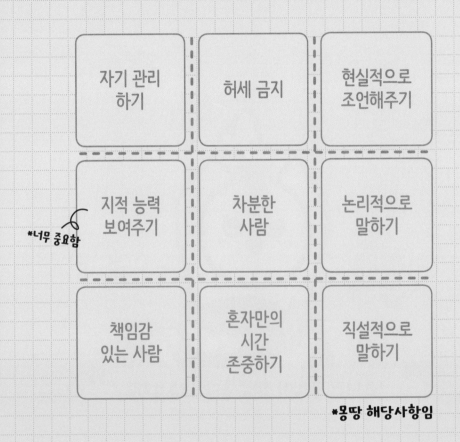

INTJ가 듣고 싶은 말!

난 너의 방식이 정말 좋다고 생각해!

소개팅에서 INTJ는?

INTJ 난이도 ♥♥♥♥♥

♡ 질문 폭격기

♡ 눈이 아주 아주 아주 높음

♡ 노잼이 될 수도 있음

♡ 연애하기 어려운 스타일

INTJ 유혹하기

♡ 생각이 깊고 똑똑한 모습 보여주기

♡ 배울 점이 많은 사람인 걸 보여주기

♡ 개인 시간 존중해주기

♡ 약속 잘 지키는 모습 보여주기

♡ 인티제의 계획과 결정을 잘 따라주고 칭찬해주기

♡ 밀당하지 않고 솔직하기

♡ 적당히 귀여움 어필하기(귀여움에 무장해제됨)

♡ 서로 발전적인 영향을 줄 수 있다는 걸 인지시켜주기

미래를 함께할 비전 있는 사람

찰떡조합 vs 기름조합

INTJ 기준에서 똑똑하다고 느끼지 못하는 사람

INTJ의 사랑 단계별 설명서

step 01 호감 있을 때와 없을 때

호감 X	호감 ○
답장은 물론, 말에 리액션조차 안 함.	조금씩 질문하고 소소하게 말을 걺.

좋아하는 사람 앞에서

계획적으로 다가가지만
갑자기 마주쳤을 때는 고장남.

step 03 사랑에 빠졌을 때

혼자 대강 좋아하다가
끝나는 경우가 많음.
사귀려고 고백한다기보다는
좋아하는 마음을 알리기 위해
고백함.

INTJ가 연애할 때는?!

우리 인티제는요....✗ 논리적인 낭만파 INTJ!

연애나 사랑도 수치화해서 상대가 준비되어 있는지, 교제를 하기에 적합한지 여부를 먼저 따진다.

INTJ는 단계별로 마음의 문을 열기 때문에 연애를 시작했더라도 마음을 전부 사기에는 오랜 시간이 필요하다. 하지만 노력 끝에 INTJ에게 믿음을 얻게 되었다면 감정 표현이 서툴러 보기엔 무뚝뚝하지만 과할 정도로 애인에게 충성심 있는 사람이 된다.

연인을 보는 기준치가 높다. 성숙하고 비전 있는 사람을 선호하고, 주관이 뚜렷하며 삶의 방향성이 비슷한 사람에게 끌리는 편이다.

INTJ는 연인이 감정적인 위로와 공감을 바란다면 피곤함을 느끼고 지쳐간다.

개인의 공간과 시간이 정말 중요한 유형이라
그것을 존중하지 않은 채 집착하면
이별의 원인이 될 수 있다.

INTJ와 연애할 때 주의사항!

INTJ

분석력	MAX
효율성	
로맨틱	

장점	전형적인 츤데레인 인티제. 겉보기엔 차갑지만 사랑하는 사람에게는 일편단심임.
단점	계획과 효율에 집착해서 딱딱하고 고집스럽게 보일 수 있음

INTJ의 짝사랑…

상대를 왜 좋아하게 되었는지 분석함.
고백은 하지 않지만
폼나게 받아줄 멘트는 준비함.
풍선에 바람 빠지듯 순식간에 식어버림.

이별 처방전

INTJ 님

연인과 안 맞는 이유

혼자만의 시간을 존중해주지 않아서.
심도 있는 대화가 진행되질 않아서.

이별 후 대처법

이별한 원인에 대해 분석하는 인티제는 그 원인이 명확하고
납득이 간다면 이별 후유증을 잘 겪지 않아요.

내가 알던 INTJ는?

제가 알던
인티제는 말이죵..

새롭게 이해한 INTJ는?

네가 그래서
그랬구나~

무심한 고양이

혼자만의 시간 ❤젤 조하❤

분석 변태

관심 분야 이야기 나오면
12시간 떠들 수 있음

연락 두절

해맑은 팩폭러

의심 범벅

남한테 관심 없음

무채색 인간

INTP 머릿속

재능충(게으른 천재)

호불호 확.실

자기 주관 확.실

상상+망상+공상
3종 세트

쿨몽둥이

무지한 거 진짜 싫어.
논리 없는 건 더 싫어.

MBTI 좋아!

INTP

INTP
무심한 고양이

INTP는 창의적 지능과 논리력이 가장 뛰어난 유형 중 하나입니다.

대체로 지능이 높지만 실천이 부족해 마무리를 잘 짓지 못하는 경우가 많습니다. 그렇기 때문에 흔히 INTP를 '게으른 천재'라고 부릅니다. 결과보다 과정에서 얻는 게 많다고 느끼는 타입이에요.

자기만의 세계가 뚜렷하고, 독창적인 아이디어를 많이 가지고 있는 편입니다. 지적 호기심이 많고 직관력이 뛰어나 통찰하는 재능이 있는 INTP는 관심사에 한번 꽂히면 전문가 수준의 지식을 통달할 정도로 깊게 파고들기 때문에 학자나 교수의 자리에 올라가서 진가를 발휘하는 경우도 있습니다. 하지만 반대로 흥미롭지 않은 분야라면 조금의 관심도 갖지 않는 경향이 있습니다.

감정을 느끼고 표현하는 데 서툴러서 기계 같다는 오해를 많이 받아요. 하지만 강강약약인 INTP는 자신에게 친절한 사람에게는 한없이 친절함을 보여주려 노력합니다. 생각이 개방적이고 선입견이 없기 때문에 사람들을 이해하고 받아들일 줄 알아요.

자아 성찰을 중요하게 여기며, 꾸준히 스스로를 관찰하고 분석하기 때문에 자신을 잘 묘사하는 MBTI에 관심이 많아요.

INTP의 사회생활

맨날 자고
친구들이랑
최애 이야기만 함

매일 인사할 때 외엔
아무 말씀 없으신
차가운 팀장님

무슨 생각중인지
전혀 알 수 없는 무표정
(사실 아무 생각 없음..)

"왜요?"
이해 안 되는 건
다 짚고 넘어가야 함

중요도

재능

논리

분석

규칙

INTP의 호불호

지식 욕구

분석과 추리

공상

의미 없는
단체 모임

무논리

고정관념

INTP에게 덕질이란?

나는 나를 덕질한다.
내 자신을 분석하는 게
세상에서 젤 재밌음..☆

분석 변태

INTP의 소원

주님, 제가
너무 독단적이지 않도록
도와주세요.

하지만
제 맘대로 하게
내버려두세요.

*주관 확실함

INTP의 대인관계

check list

- ☑ 남에게 피해주는 거 싫어하고, 받는 것도 극혐한다

- ☐ 남에게 관심이 별로 없다

- ☐ 사적인 감정을 남에게 잘 드러내지 않는다

- ☐ 남이 내 욕하는 거 신경 안 쓰고 남 욕도 잘 안 한다

- ☐ 팩폭하지 말라는 소리를 많이 듣는다

- ☐ 친한 친구라도 별일 없으면 연락을 잘 안 한다

- ☐ 좋아하는 분야에서만 말이 많아진다

- ☐ 인간은 싫지만 흥미로운 존재라고 생각한다

INTP랑 짱친 되는 법

흥!

INTP 주특기 : 새벽에만 연락되기
난이도 ★★★★★

♡ 가끔 카톡 안읽씹하거나 잠수타도 뭐라고 하지 않기

♡ 고양이 대하듯 조심히 다가와 먼저 말 걸어주기

♡ 스몰토크보다는 흥미로운 대화 주제로 이야기하기

♡ 공통된 관심사 찾기

친구와 논쟁하면서 생각을 들어보고 싶어함!

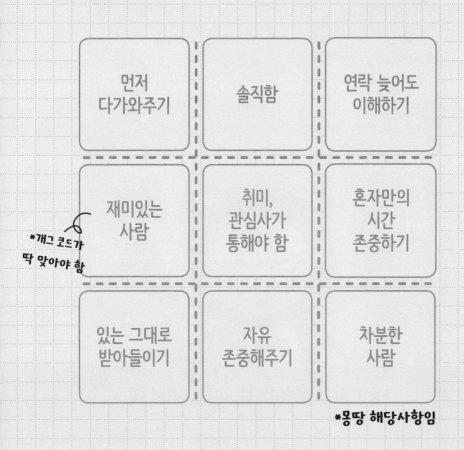

INTP 우정 BINGO!

먼저 다가와주기	솔직함	연락 늦어도 이해하기
재미있는 사람	취미, 관심사가 통해야 함	혼자만의 시간 존중하기
있는 그대로 받아들이기	자유 존중해주기	차분한 사람

*개그 코드가
딱 맞아야 함

*몽땅 해당사항임

INTP가 듣고 싶은 말!

응^^

나도 앎

"네가 하는 것들이 나는 정말 흥미로워!"

소개팅에서 INTP는?

흥!

INTP   난이도 ♥♥♥♥♥

♡ 차가워 보이는 첫인상

♡ 조건, 외모 둘 다 신경 씀

♡ 공감 능력 없음

♡ 마이웨이 스타일

♡ 모쏠일 가능성이 다분함

INTP 유혹하기

♡ 자기가 먼저 좋아해야 넘어가기 때문에
무턱대고 대시하지 않기

♡ 급하지 않게 차분히 다가가기

♡ 엉뚱한 이야기에도 진지하게 같이 토론해주기

♡ 유머 코드 맞춰주고 대화 잘 이어가기

♡ 집착하지 않기(중요☆)

♡ 남에게 피해주기 않기

♡ 똑똑하고 지혜로운 모습 보여주기

♡ 답장 빨리하기(밀당하면 바로 손절각)

고차원적인 대화가 가능한 사람

찰떡조합 vs 기름조합

깊은 이야기 싫어하는 밝고 단순한 사람

INTP의 사랑 단계별 설명서

step 01 호감 있을 때와 없을 때

호감 X	호감 ○
상대에 대한 정보를 맨날 까먹고 또 물어봄.	상대를 흥미로워 함.

step 02 좋아하는 사람 앞에서

카톡 답장해줌.

step 03 사랑에 빠졌을 때

낯선 감정에 혼란스러워 함.
사랑에 빠진지도 모르고
자신의 감정과 상대를
관찰하고 분석함.

INTP가 연애할 때는?!

우리 인팁은요...✿ 고양이 같은 연인 INTP!

연애를 하면서도 자신의 삶이 1순위이고, 정서적 표현이 부족해서 INTP의 연인은 애정이 부족하다고 느낄 수도 있다.

하지만 서로 다름을 받아들이고, 서로에 대해 깊게 탐구하는 연애를 선호하는 INTP는 옆에서 조용히 연인을 관찰하고 챙겨주고 사랑해준다.

아는 것이나 흥미 있는 주제에서만 말을 많이 하기 때문에 취미와 관심사를 공유할 수 있는 사람에게 매력을 느낀다. 따뜻한 사람보다는 재미있는 사람, 호기심을 불러일으키는 사람에게 더 끌리는 편이다.

겉으로 보기엔 로봇처럼 딱딱해 보이지만 연인 앞에서는 엉뚱하고 애교 있는 모습을 보여주기도 하며, 항상 솔직한 자세로 연인을 대한다.

INTP와 연애할 때 주의사항!

창의성	MAX
엉뚱함	
사회성	

장점 친해지기는 어렵지만 한번 마음이 열리면
그 누구보다 깊은 사랑을 주는 인팁

단점 공감 능력이 떨어져서 차갑게 느껴질 수 있음

INTP의 짝사랑...

마음에 드는 사람을 찾기 힘들어서
거의 짝사랑을 하지 않음.
좋아하는 사람이 생겨도
금방 식는 편.

이별 처방전

+ ## INTP 님

연인과 안 맞는 이유

성격을 맞춰가기 힘들 때

이별 후 대처법

이별이 슬프지만 후회하는 경우는 잘 없는 인팁.

보통 자신의 슬픔에도 둔한 편이라 자신이 슬퍼한다는

사실을 알아차리는 것부터가 극복의 시작이에요.

내가 알던 INTP는?

제가 알던
인팁은 말이죵..

새롭게 이해한 INTP는?

네가 그래서
그랬구나~

ISFJ

주관 없는 사막여우

아, 집 가고 싶다

쓸데없이
고집부리는 사람
짱시룸   눈치   성세

상관없어영

난 아무거나!   걱정

거절하고 싶어..   친절

ISFJ 머릿속   꼼꼼한 계획

                                    배려

(관심 없는데..)
눈치 보여

결정 잘 못함

민폐 끼치기 싫은데..

                                    그래..
                                    그냥 내가 이해해야지 뭐..

책임감

성실   ISFJ   쭈구리

ISFJ
주관 없는 사막여우

ISFJ는 깊은 관계를 맺기에 가장 어려우나 가장 믿음직스러운 유형이에요.

내향형이지만 외향적인 척 코스프레를 하기도 하고, 나서는 건 싫어하지만 관심받는 걸 좋아하고, 착하다는 이야기를 자주 듣지만 스스로는 그렇게 생각하지 않는 등 여러 가지의 면모를 다 가지고 있기 때문에 ISFJ는 정의를 내리기 어려운 유형이에요.

다른 사람의 감정을 잘 캐치하고 공감도 잘해줘서 남들의 고민을 많이 상담해주게 돼요. 하지만 사실은 대화가 지루하거나 듣고 싶지 않아도 겉으로 티를 안 내고, 부탁을 받으면 거절을 못하기 때문에 그렇게 보이는 경우도 있어요.

타인의 시선을 많이 신경 쓰는 ISFJ는 전통과 관습을 중요시합니다. 책임감이 강하고 헌신적이라 가끔 자기 자신을 혹사시킬 때도 있어요. 하지만 자신이 희생해서라도 관계가 잘 유지되거나 내 사람이 행복하다면 그걸로 만족하기도 합니다.

항상 자신의 역할을 완수하기 위해 열심히 일하지만 주목받는 것을 불편해해서, 자신의 성과를 과소평가하는 경향이 있어요. 이런 겸손한 태도로 종종 존경을 받을 때도 있지만, 반대로 과한 배려심으로 인해 억울한 상황을 겪을 때도 있습니다.

ISFJ의 사회생활

검손하며
친절한
표정

"좋아요~"
그냥 뭐가 되었든
좋다고 함.
먼저 주도하지는 않음.

친구 이야기
들으면서
조근조근
리액션만 함

맨날
야근하면서도
서글서글한 대리님

중요도

원리 원칙

↓

책임감

↓

실용적

↓

주관

ISFJ의 호불호

소확행

아기자기한 것

가족

충동적인 여행

사치스러움

무책임

ISFJ에게 거절이란?

저의 버킷리스트 중 하나예요..

강제 예스맨

ISFJ의 소원

주님, 제가 남에게 당당하게 도움을 부탁할 수 있도록 도와주시길

부.. 탁드려도 될까요..

되나요..?

*부탁을 잘 못함

ISFJ의 대인관계

check list

- ☑ 타인의 감정을 잘 캐치하고 공감도 잘해준다
- ☐ 내향형인데 상황에 따라 외향적인 척한다
- ☐ 나서는 건 싫어하지만 관심받는 건 좋아한다
- ☐ 주로 듣는 입장이고 자기 이야기를 잘 하지 않는다
- ☐ 부탁을 받으면 거절을 잘 못한다
- ☐ 정작 남에게 부탁은 잘 못한다
- ☐ 착하고 친절하다는 이야기를 자주 듣는다
- ☐ 인간관계에서 상처와 스트레스를 많이 받는다

ISFJ랑 짱친 되는 법

그랬엉?

ISFJ
주특기 : 짜증나도 웃으면서 넘기기
난이도 ★★★★

♡ 자주 만나자고 하되, 부담스러우면 거절할 수 있도록 해주기

♡ 입시, 취준, 가족관계 등 개인적인 주제는 먼저 물어보지 않기

♡ 너무 텐션 높으면 살짝 부담스러워하니 적당히 선을 지켜서
　　다가가기

♡ 의사소통 시 대답 재촉하지 말고 충분한 시간 주기

속마음을 나눌 수 있는 사이가 되었다면 짱친 성공!

ISFJ 우정 BINGO!

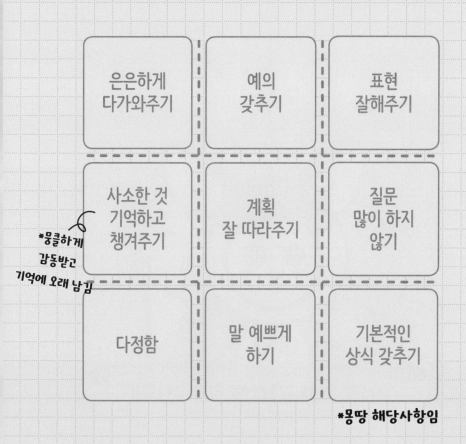

은은하게 다가와주기	예의 갖추기	표현 잘해주기
사소한 것 기억하고 챙겨주기	계획 잘 따라주기	질문 많이 하지 않기
다정함	말 예쁘게 하기	기본적인 상식 갖추기

*뭉클하게
감동받고
기억에 오래 남김

*몽땅 해당사항임

ISFJ가 듣고 싶은 말!

아냥.. 뭘ㅎㅎ

ISFJ

"(사소한 것에도 감동하며) 정말 고마워!!"

소개팅에서 ISFJ는?

아하.. ㅎㅎ

ISFJ

난이도 ♥♥♥♥♥

♡ 상대방의 대화 주제에 잘 맞춰 대화 가능

♡ 호감이어도 가까워지기까지 시간이 걸림

♡ 직업, 능력 부분을 중요시함

♡ 선을 잘 지킴

♡ 계산적인 면이 있음

ISFJ 유혹하기

♡ 화 안 내고, 착하고, 이타적인 사람임을 어필하기

♡ 꾸준히, 그러나 부담스럽지는 않게 자주 관심 표현해주기

♡ 섬세한 포인트를 알아채고 칭찬하기

♡ 쓸데없는 자존심을 내세우거나 고집부리지 않기

♡ 자기 일에 최선을 다하는 모습 보여주기

♡ 밝고 긍정적인 에너지 뿜뿜 뿜어내기

♡ 갈등 상황을 주체적으로 해결하는 모습 보여주기

사소한 배려를 눈치채고 좋아해주는 사람

찰떡죠합 vs 기름죠합

호의를 당연하게 여기는 사람

ISFJ의 사랑 단계별 설명서

호감 있을 때와 없을 때

호감 X	호감 ○
친구라고 쓰고 지인이라 읽음.	상냥하게 대함. 하지만 먼저 대시는 안 함.

좋아하는 사람 앞에서

은은하게 계속 그 사람 시야에
있으려고 노력함.

사랑에 빠졌을 때

적극적으로 어필은 못 하는데
계속 그 사람 시야에 있으려고 노력함.
상대가 다가오면 철벽 침.
상대방을 좋아하는 게 맞는지
고민하다가 혼자가 최고라고 생각함.

ISFJ가 연애할 때는?!

우리 잇프제는요...❤️ 삶을 공유할 파트너를 찾는 낭만파 ISFJ!

안정적인 연애를 선호하는 ISFJ는 다정하며 신뢰할 수 있는 사람에게 호감을 가지게 된다. 마음을 열기까지 오래 걸리지만 한번 사랑에 빠지면 상대에게 수용적이며 사랑하는 사람을 위해 헌신한다.

겉으로는 단순하고 무덤덤해 보이지만 속으로는 생각이 많고 감정이 매우 섬세하다. 하지만 갈등 상황 자체를 불편하게 느껴 자신의 감정을 이야기하지 않고 혼자 속으로 앓는 경우가 많은데, 이때 배려하지 않거나 방치한다면 이별의 원인이 될 수 있다.

즉흥적이고 다양한 데이트보다는 소소하고 일상적인 데이트를 선호한다. ISFJ와 연인이 된다면 상냥하고
차분해 보이던 모습과 달리 장난기 있고
애교스러운 모습도 볼 수 있다.

ISFJ와 연애할 때 주의사항!

배려		MAX
인내심		
결단력		

장점	사려 깊고 계획적이어서 따뜻하고 안정적인 연애 가능
단점	우유부단하고, 감정 표현을 똑 부러지게 하지는 못함

ISFJ의 짝사랑…

이별 처방전

➕ ISFJ 님

연인과 안 맞는 이유

안정적인 사랑을 할 수 없다고 느낄 때

(내 감정을 배려받지 못할 때)

이별 후 대처법

이별하고도 사랑하는 마음을 거두지 못하고 안 좋은 기억들
마저 미화시키며 힘들어하는 잇프제는 주변 사람들의 도움을
받아 새로운 환경을 만드는 게 중요해요.

내가 알던 ISFJ는?

제가 알던
잇프제는 말이죵..

새롭게 이해한 ISFJ는?

네가 그래서 그랬구나~

귀차니즘 판다

감정 기복 심함

귀..차낭... 집이 최고야

싫은 소리 못함

소소한 취미♡

아휴.. 누워 있고 싶어

민폐 끼치기 싫음

사람 만나는 거 좋은데 싫음

삐딱선

ISFP 머릿속

자존심이 센 편

속마음은 나만 알아야겠다

조용한 관종

개인주의

귀차니즘 만렙

너그러움

눈치 많이 봄

침대

결정장애

ISFP
귀차니즘 판다

ISFP는 인생에서 누워 있는 시간이 가장 길고, 그 시간을 가장 소중하게 생각합니다.

사람 만나는 걸 좋아하지만 만나면 피곤하고, 연락이 오면 귀찮지만 안 오면 은근히 서운함을 느끼는 귀차니즘 판다입니다.

자존심이 강하면서도 마음은 여려서 대인관계에서 상처를 많이 받아요. 갈등이 생기면 감정이 크게 동요해서 논리적으로 이야기를 잘 못하기 때문에 불만 표출을 못하고, 속마음 이야기는 잘 하지 않는 편이에요.

ISFP는 '게으른 완벽주의+배려형 개인주의'의 성향을 지녀 가장 모순적인 MBTI 유형으로 꼽힙니다. 겸손하며 공감 능력이 뛰어나고 누군가가 부탁을 하면 거절을 잘 못해요. 대체로 타인을 이해하려 하고 남에게 민폐 끼치는 걸 싫어해서 양보와 배려를 잘합니다. 하지만 사실 이런 배려들은 자신이 싫어하는 갈등 상황을 피하기 위해 하는 개인주의적인 행동인데, 타인의 눈엔 마냥 착한 사람으로 비쳐요.

규칙, 관습, 틀에 묶여서 제약받는 걸 싫어하며 원하는 일, 하고 싶은 것에 대한 생각은 잘 하지만 행동력이 약해 미룰 수 있을 때까지 미루다가 발등에 불이 떨어져야 일을 시작하곤 합니다.

ISFP의 사회생활

말 시키면
일단 멋쩍은 웃음

회사 2개월
다니고 안 맞아서
10번째 이직각 재는
신입사원

Zz..Z..z

"집에 가고 싶다"
일하는 내내
집에 갈 생각뿐

교과서마다
낙서가 한가득임

중요도

휴식

워라밸

환경

계획

ISFP의 호불호

취미생활

침대에 있는 시간

동물

꽉 찬
약속 일정

방 청소

논쟁

ISFP에게 약속이란?

취소돼.. 아니 취소되지 마..
취소돼..
아니 취소되지 마.. 취소돼..
(무한 반복)

약속 취소 염원자

ISFP의 소원

주님,
항상 저의 권리를
주장할 수 있도록
도와주세요.

하지만 제 부탁은
너무 신경 쓰지
마세요.

*본인이 안 착한 줄 아는 착한 사람

ISFP의 대인관계

check list

- ☑ 부탁받으면 거절을 잘 못한다
- ☐ 주변 의견과 분위기를 잘 따라간다
- ☐ 이야기를 잘 들어주는 편이다
- ☐ 속마음 이야기를 잘 안 한다
- ☐ 말로 인해 상처를 잘 받는다
- ☐ 사람 만나는 걸 싫어하지만 막상 만나면 잘 논다
- ☐ 갈등 상황을 최대한 피하고 싶어한다
- ☐ 소수의 사람과 장기적인 관계를 선호한다

ISFP랑 짱친 되는 법

헤헤..

ISFP
주특기 : 친구 만나면 서서히 기 빨리기
난이도 ★★

♡ 한 번에 친해지기보단 꾸준한 관심으로 스며들어야 함

♡ 같이 있을 때 부담스럽지 않고 편안하게 해주기

♡ 텐션 높으면 금방 지치므로 너무 오버하지 않기

♡ 다정하게 배려하는 모습 보이기

솔직하게 자기 마음을 다 표현한다면 성공!

ISFP 우정 BINGO!

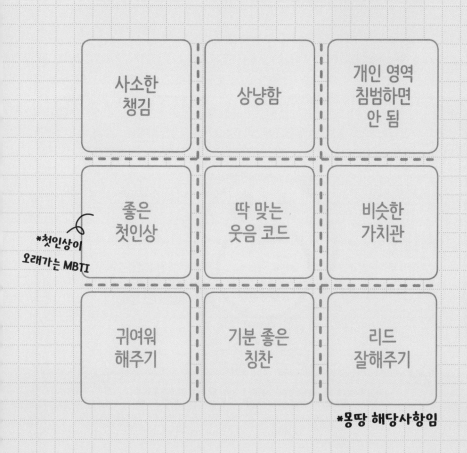

사소한 챙김	상냥함	개인 영역 침범하면 안 됨
좋은 첫인상	딱 맞는 웃음 코드	비슷한 가치관
귀여워 해주기	기분 좋은 칭찬	리드 잘해주기

*첫인상이 오래가는 MBTI

*몽땅 해당사항임

ISFP가 듣고 싶은 말!

헤헤

고마워

" 너랑 있을 때가 제일 마음이 편하당 "

소개팅에서 ISFP는?

ISFP 난이도 ♥♡♡♡♡

♡ 편안하게 해주면 좋아함

♡ 확실한 표현을 좋아함

♡ 공감 잘해주고 다정한 사람에게 호감을 느낌

♡ 즉흥적인 데이트를 좋아함

ISFP 유혹하기

♡ 다른 사람들과 있을 때와 다른 다정한 모습 보여주기

♡ 올바른 가치관과 착한 모습 보여주기

♡ 둘만 있을 때 자주 웃겨주고 편하게 해주기

♡ 혼자 여가를 보내는 시간 주기

♡ 먼저 다가가고 계속 챙겨주고 마음 표현하기

♡ 처음부터 결판 짓기보단 오래 곁에 있으면서
조금씩 믿음을 주고 점수 따기(중요☆)

싫으면 싫다, 좋으면 좋다 감정을 잘 표현하는 사람

찰떡조합 vs 기름조합

나의 사생활을 존중해주지 않는 사람

ISFP의 사랑 단계별 설명서

step 01 호감 있을 때와 없을 때

호감 X

뭔갈 하자고 하면
같이 해주는 법이 없음.

호감 ○

먼저 말 걸고
먼저 만나자고 함.

step 02   좋아하는 사람 앞에서

돌처럼 굳음.
보통 티를 잘 안 내고
혼자 좋아하다 맒. 가까운 사람들도
잘 모르게 하기 때문에
주변에선 심지어 싫어하는 걸로
아는 경우도 있음.

step 03   사랑에 빠졌을 때

부끄러움이 많아지고
말도 못 걸며 주위만 서성거림.

ISFP가 연애할 때는?!

우리 잇프피는요...⚛ 언뜻 철벽처럼 보이는 ISFP!

안정적인 장기 연애를 선호하기 때문에 처음에는 상대를 의심하지만 믿음을 가지는 순간 정이 많은 ISFP는 상대에게 자신을 맞춰주며 편안한 연애를 하게 된다.

먼저 다가가지 않고 나서지 못하는 ISFP는 밀당 없이 센스 있게 리드해주는 사람에게 호감을 느끼지만, 텐션이 높은 사람에게 부담을 느끼기 때문에 살며시 다가와 조금씩 스며드는 관계를 원한다.

혼자 있는 시간이 필수적이고 자존심도 강하기 때문에 자신을 통제하려 하거나 집착하는 상대를 싫어한다.

감정 기복이 심한데 자신의 감정이나 걱정을 상대방에게
잘 이야기하지 않아서 오해가 생기는 일이 많다.
갈등을 회피하는 경향이 있어서
계속 오해를 쌓아두다가
이별로 이어지기도 한다.

ISFP와 연애할 때 주의사항!

귀찮음	MAX
자존심	
계획력	

장점	배려 많고 세심한 성격으로 연인을 살뜰하게 챙기고 연인이 언제나 우선순위 1위!
단점	갈등이 생기면 회피

ISFP의 짝사랑…

쌍방 호감이란 확신이 들어야 티 냄.
짝사랑을 인지하는 것부터 오래 걸림.
오히려 싫은 척, 관심 없는 척하다가 실패함.

이별 처방전

ISFP 님

연인과 안 맞는 이유

상대가 너무 딱딱하고 정이 없는 사람이라고 느껴질 때

이별 후 대처법

헤어질 결심을 하고도 이별하는 상황 자체를 회피해버려서 상대와 자신 모두 정리가 안 된 상태에서 헤어질 가능성이 커요. 확실한 이별의 절차를 밟는 것이 중요합니다.

내가 알던 ISFP는?

제가 알던
잇프피는 말이죵..

새롭게 이해한 ISFP는?

네가 그래서 그랬구나~

ISTJ

강박증 있는 곰

ISTJ

자아 성찰

해야 할 일

공감 그거 어떻게 하는 건데?

낮은 텐션

약속이 장난이야?
네 시간만 소중해?
내 시간은?

똥고집

그러니까 내가 말했었잖아

ISTJ 머릿속

잔소리

계획 틀어지면 스트레스

조용한 관종

원리 원칙

정직

꼰대

훈장님

성실

진지함

ISTJ

ISTJ
강박증 있는 곰

ISTJ는 약속 시간에 절대 늦지 않게 모든 일에 대해 계획을 세우는 계획쟁이예요.

규칙을 중요시하기 때문에 스스로 지키지 않는 것도, 상대가 지키지 않는 것도 용납하지 않습니다. 선입견이 강해서 보수적이지만 남에게 신경을 잘 쓰지 않기 때문에 개방적으로 보이기도 해요.

겉으로 보기에 조용하고 차가워 보입니다. 쓸데없는 말, 마음에 없는 말을 절대 못하기 때문에 대화를 하다 보면 종종 공감 능력이 부족하다는 말을 듣지만, 사실은 자기 사람을 묵묵히 챙겨주는 따뜻한 마음씨를 가졌어요.

감정이 없어 보이는 ISTJ도 외로움과 우울함을 잘 느끼고 생각에 잠기는 걸 좋아합니다. 조용하고 자연적인 힐링을 좋아해서 살랑이는 가을바람 같은 감성에 잘 스며드는 편이에요.

반복되는 일상에 대한 인내력이 강합니다. 일에 있어서 조직적이고 체계적인 ISTJ는 사회에서 주어진 임무를 철저하게 완수하려는 경향이 있어서 회사 생활에 가장 적합한 성격 유형이에요.

'세상의 소금형'이라고 불릴 정도로 우리 사회에 없어서는 안 될 성실함과 책임감을 가진 유형이고, 이러한 능력을 바탕으로 내향형 중에서 가장 소득이 높은 유형이기도 합니다.

ISTJ의 사회생활

약간
무뚝뚝해 보이는
표정

할 일 다 하고
퇴근시간 맞춰
퇴근함

규격, 폰트가
완벽한 보고서만
받는 칼 같은
과장님

친구 관계, 성적
모두 무난하고
성실한 학생

중요도

체계

계획

책임감

인간관계

ISTJ의 호불호

정갈함

안정감

팩트

예측 못 한 상황

가식과 과장

거짓말

ISTJ에게 규율이란?

약속 절대 지켜.
어기면 엄중 경고야.

훈장님

ISTJ의 소원

주님, 제가
사소한 것에 연연하지
않도록 도와주세요.

그리고 내일 아침
6시 41분 23초에
일어날 수 있도록
해주세요.

＊철저한 계획 포기 못 함

ISTJ의 대인관계

check list

- ☑ 무뚝뚝하다는 소리를 자주 듣는다

- ☐ 많은 사람보다는 소수와의 만남을 선호한다

- ☐ 약속 어기는 사람을 매우 혐오한다

- ☐ 내 이야기를 잘 안 한다

- ☐ 남의 이야기를 듣거나 관심 가지기가 귀찮다

- ☐ 은근히 장난을 잘 친다

- ☐ 친해지면 호탕하고 재치 있는 면이 보인다

- ☐ 진실성이 중요해서 앞뒤가 다른 사람을 싫어한다

ISTJ랑 짱친 되는 법

ISTJ
주특기 : 문제 해결 박사
난이도 ★★★★★

♡ 감정적인 말보단 현실적이고 이성적인 이야기하기

♡ 부지런한 모습 보여주기

♡ 여럿이서 다 같이 놀기보단 둘이서 노는 걸 더 좋아함

♡ 큰 소리로 말하지 않기

내 이야기를 잘 들어주고 공감해주려고 함

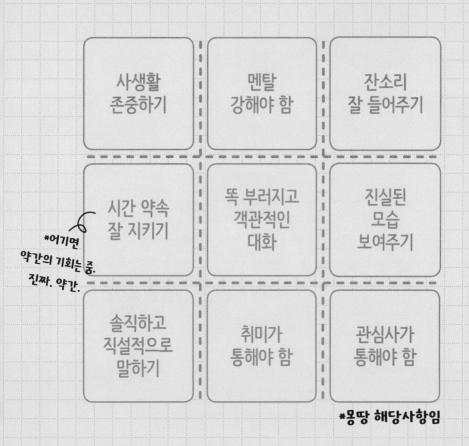

ISTJ 우정 BINGO!

사생활 존중하기	멘탈 강해야 함	잔소리 잘 들어주기
시간 약속 잘 지키기	똑 부러지고 객관적인 대화	진실된 모습 보여주기
솔직하고 직설적으로 말하기	취미가 통해야 함	관심사가 통해야 함

*어기면 약간의 기회는 줌.
진짜. 약간.

*몽땅 해당사항임

ISTJ가 듣고 싶은 말!

ISTJ

66 **99**

네 말이 맞아!
나도 해봤는데 정말 그렇더라!!

소개팅에서 ISTJ는?

크흠..

ISTJ

난이도 ♥♥♥♥♡

♡ 담백한 대화를 선호
♡ 겉모습 꾸미는 것에 관심이 적음
♡ 관계가 발전되면 바람피우거나 한눈팔 일 없음
♡ 노잼일 가능성이 큼

ISTJ 유혹하기

♡ 사랑의 감정이 헷갈리지 않게 믿음 주기

♡ 힘들 때 말로 웃겨주기보단 묵묵히 토닥여주기

♡ 대화할 땐 시끄러운 것보단 눈을 맞추고 조용하게

♡ 의외로 귀여운 면모들을 한 번씩 비춰주기

♡ 본받을 점이 있는 어른스러운 모습 보여주기

♡ 밀당, 츤데레는 오히려 역효과만 남

♡ 가벼운 사람처럼 보이지 않기

나와 정반대로 표현을 잘하고
밝고 따뜻한 사람

찰떡조합 vs 기름조합

나에게 대뜸 별것 아닌 이유로
서운함을 느끼는 사람

ISTJ의 사랑 단계별 설명서

step 01 호감 있을 때와 없을 때

호감 X

상대를 안 함.

호감 ○

근처를 기웃거리지만
막상 말 나누면 뚝딱거림.

step 02　좋아하는 사람 앞에서

힐끔힐끔 쳐다봄.
절대 티 안 냄.

step 03　사랑에 빠졌을 때

자존심이 강해서
좋아해도 관심 없는 척함.
고백도 보통 먼저 안 함.
정말 좋아하면 조금씩 표현함.

ISTJ가 연애할 때는?!

우리 잇티제는요....🎀 정신적으로 성숙하고 따뜻한 ISTJ!

표현이 없어 무뚝뚝해 보이지만, 오래 만나도 처음부터 끝까지 변함없는 사랑을 주기 때문에 신뢰를 기반으로 한 성숙한 연애를 할 수 있다.

대인관계의 폭이 좁은 ISTJ는 친구들과 놀러 다니기보다는 연인에게 집중하는 편이다. 하지만 혼자서 취미활동하는 시간도 중요하기 때문에 존중해주는 것이 좋다.

완벽한 계획력과 책임감을 가지고 있어 상대가 많이 의지를 하는 편이다. 매우 솔직해서 차가운 마음을 가지고 있다는 편견이 있지만 내적으로는 따뜻하다. 연인에게 잔소리하기보다는 믿어주고 옆에서 묵묵히 지켜주기 때문에 참견을 싫어하는 유형과 궁합이 잘 맞다.

화를 잘 안 내는 타입이지만 한번 화를 내면 이별까지 가는 경우가 많다. 연인과 다툼 시 사과는 잘 못하지만 자신의 잘못은 잘 받아들이는 편이다.

ISTJ와 연애할 때 주의사항!

철저함	████████ MAX ████████	
계획	████████████	
유머감각	██	

장점	사소한 것도 기억을 잘하는 잇티제. 눈치 있고 데이트도 계획적으로 잘함.
단점	표현이 서툴고, 단점에 대해 직설적으로 말함

ISTJ의 짝사랑···

관심 없는 척함.
고백도 먼저 안 하는 편임.
누구도 알아채지 못하게
조금씩 표현함.

이별 처방전

 ISTJ 님

연인과 안 맞는 이유

기본적인 배려와 예의가 없다고 느낄 때

이별 후 대처법

어쩔 수 없는 일이라 생각해서 이별을 힘들지 않게 받아들이지만, 새로운 사람을 만나는 과정에서 전 연인을 대입하는 경우가 있기 때문에 주의해야 해요.

내가 알던 ISTJ는?

제가 알던
잇티제는 말이죵..

새롭게 이해한 ISTJ는?

네가 그래서
그랬구나~

ISTP

쿨한 척하는 호랑이

효.율

전화 X

내 사람 한정 오픈 마인드
(간택당해야 함)

어쩔 수 없지 뭐

굳이?

그래서 요점이 뭔데?

네가 알아서 좀 해

가식 X

솔직(필터링 없음)

ISTP 머릿속

어쩌라고
대충하자

이상한 개그 코드

내 관심사♡

독립심

낙관적

직설적

침착

귀차니즘

ISTP

ISTP
쿨한 척하는 호랑이

ISTP는 혼자가 편한 마이웨이 성향을 가지고 있습니다.

남에게 관심이 없고 관심받는 것도 좋아하지 않아서 항상 '그런가 보다' 하는 마인드로 살아갑니다.

관심사 외에는 신경을 잘 안 쓰는 경향이 있습니다. 그래서 남들과 대화 시 쓸데없는 이야기를 하는 걸 좋아하지 않고, 요점만 듣고 요점만 말하길 원합니다. 심지어는 아예 본인 이야기하는 게 귀찮아서 대화에 참여하지 않는 경우도 많습니다.

자기 주관이 확실하고 표현이 담백합니다. 무뚝뚝하게 비춰지고 실제로 공감 능력이 떨어지기 때문에 다가가기 힘들어 보이지만, 사람을 대할 때 진실되게 대하고 마음에 없는 빈말은 전혀 하지 않아서 차가워도 신뢰할 수 있는 사람이에요. 에너지가 적어 효율적인 일만 찾아서 하기 때문에 P 중에 가장 J처럼 보이기도 해요.

독립적이며 자유로운 ISTP는 간섭이 심하거나 위계질서를 중시하는 곳에서는 일하지 못합니다. 새로운 것에 대한 거부감이 없어서 새로 맞닥뜨리는 것일지라도 호기심 있게 보고 받아들이는 편이며, 본인이 하고 싶은 일에 대해서는 집중력과 몰입감이 뛰어나 관심 분야에서 두각을 나타내기 쉬운 MBTI 유형입니다.

ISTP의 사회생활

무관심
무표정

노력 대비
성과 1등 팀장님

수업중에
지우개 긍예함

"..."
말이 별로 없고
말도 못 걸겠음

중요도

주관

개인 시간

개인 공간

대외적인 모습

ISTP의 호불호

개인 공간

혼자만의
시간

효율

귀찮은 약속

잔소리

허세

ISTP에게 계획이란?

덜 귀찮기 위해
어쩔 수 없이 세워야 함.
하.. 귀찮아 죽겠네.

꾀돌이

ISTP의 소원

주님, 제가
다른 사람들의
감정을 배려하도록
도와주세요.

비록 그들 대부분이
신경과민증이지만.

*다른 사람 감정에 공감 못 함

ISTP의 대인관계

check list

- ☑ 일반적으로 조용하지만 필요한 순간엔 사교적이다
- ☐ 무미건조하고 낯을 가린다
- ☐ 친해지면 말이 많아지고 장난도 잘 친다
- ☐ 감정적인 사람이랑은 대화가 잘 안 된다
- ☐ 빈말이나 애정표현을 잘 못한다
- ☐ 카톡 왔을 때 할 말이 없으면 읽씹한다
- ☐ 공감 능력이 없어서 고민을 잘 못 들어준다
- ☐ 자유와 자기만의 공간을 매우 중요시한다

ISTP랑 짱친 되는 법

뭐요.

ISTP
주특기 : 친한 사람 한정 초딩
난이도 ★★★★★

♡ 이상한 걸로 오버하지 않기, 콘셉트 잡기 금지(웃기면 가능)

♡ 너무 하이텐션이거나 속 이야기 꺼내면 은근 부담 느낌

♡ 돌려 말하지 않고 직설적으로 말하기(추상적 X)

♡ 전화는 부담스러워하기 때문에 문자나 카톡하기

자존심 없이 다 맞춰주려고 한다면 찐친 되었다는 증거!

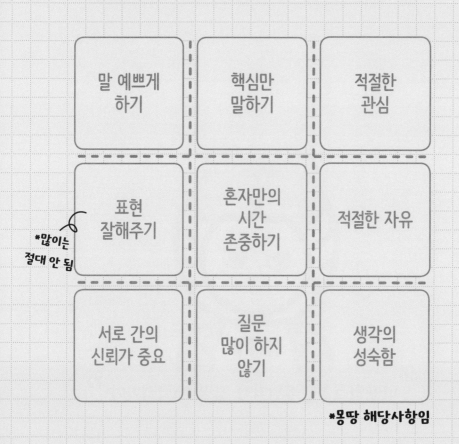

ISTP 우정 BINGO!

말 예쁘게 하기	핵심만 말하기	적절한 관심
표현 잘해주기 *많이는 절대 안 됨	혼자만의 시간 존중하기	적절한 자유
서로 간의 신뢰가 중요	질문 많이 하지 않기	생각의 성숙함

*몽땅 해당사항임

ISTP가 듣고 싶은 말!

나도

알고 있음!

ISTP

"너만의 독특한 분위기가 정말 매력적이야"

소개팅에서 ISTP는?

아, 그러셨구나.

ISTP 난이도 ♥♥♥♥♥

♡ 첫인상이 조용하지만 특이함

♡ 선 연락, 답장을 잘 안 함

♡ 초현실적인 질문만 함

♡ 토닥토닥 잘 달래면 은근 귀여움

ISTP 유혹하기

♡ 개인 시간 존중해주고 사적인 부분은 너무 물어보지 않기

♡ 텐션 높이거나 감정 기복 심하게 행동하지 않기

♡ 솔직하고 직설적으로 말하기

♡ 자신감 있고 당당한 모습 보여주기

♡ 편안하게 만들어주기

♡ 책임감 있고 배울 점이 많다는 것을 어필하기

♡ 어리광 부리지 않고, 징징거리지 않기

♡ 오글거리는 애정표현 지양하기

관심사로 말이 잘 통하는 사람

찰떡죠합 vs 기름죠합

자기 시간이 없고 연락에 집착하는 사람

ISTP의 사랑 단계별 설명서

step 01 호감 있을 때와 없을 때

호감 X

같이 노는데 지루하고
집 가고 싶음.

호감 ○

혼자만의 시간에
껴들고 귀찮게 해도
용서됨.

step 02 좋아하는 사람 앞에서

눈을 못 마주치고
말을 못 걺.
더 차가운 척함.

step 03 사랑에 빠졌을 때

혼자 좋아하다가
가능성 없어 보이면 혼자 정리함.
내가 좋아하든 상대방이 좋아하든
그 감정을 의심하고 걱정함.
분명 티를 내려고 한 게 아닌데
자기도 모르게 온몸으로 티 내고 있음.

ISTP가 연애할 때는?!

외로움을 잘 타지 않으며 먼저 연락을 잘 하지 않는 편이다. 틀에 박힌 것이나 강제되는 상황을 싫어해서 연락에 크게 집착하지 않는다. 개인의 영역을 과하게 침범한다고 느끼면 연인이라도 칼같이 차갑게 대할 것이다.

나를 성장시키고 생활을 개선시켜줄 수 있는 사람을 만날 때 사랑에 눈을 뜬다. 반대로 ISTP 기준에 '굳이?'가 떠오르는 행동과 말들을 한다면 실망감을 느끼기 때문에 마음속 몇 번의 기회가 지나면 바로 돌아설 것이다.

단호한 면을 가진 ISTP이지만 연인이 된다면 귀찮음을 무릅쓰고 연인이 원하는 걸 함께해준다거나 챙겨주는 츤데레 면모가 있다. ISTP의 차가운 듯 센스 있는 모습이 매력으로 다가올 것이다.

ISTP와 연애할 때 주의사항!

자유   MAX

센스

애정표현

장점   연인과 있을 때 연인에게만 충실함

단점   공감 능력이 부족하고, 표현을 잘 못함

ISTP의 짝사랑…

티 내면 죽는 병에 걸려서 티 절대 안 냄.
문제는 온몸에서 이미 티가 남.
선톡은 안 하지만 답장은 꾸준히 해줌.
혼자 끝나는 짝사랑이 대부분임.

이별 처방전

 ISTP 님

연인과 안 맞는 이유

연애에서 더 큰 가치를 느끼지 못할 때

이별 후 대처법

이별 후 홀가분하면서도 미묘한 기분을 느끼는 잇팁.
이별의 후유증이 너무 없는 유형이라 오히려 이별의 과정에
대해 진지하게 돌아보는 시간도 한 번쯤은 필요해요.

내가 알던 ISTP는?

제가 알던
잇팁은 말이쭝..

새롭게 이해한 ISTP는?

네가 그래서
그랬구나~

3

상황별 MBTI 특정 알아보기

게임에 들어간다면 **?**

조선시대로 간다면 **?**

로또에 당첨된다면 **?**

외계인을 만난다면 **?**

무인도에 갇힌다면 **?**

감옥에 간다면   **?**

좀비를 만난다면   **?**

슈퍼 빌런이 된다면   **?**

슈퍼 히어로가 된다면   **?**

감옥에 간다면?

ESTJ
깐깐한 교도관

ISTJ
착실한 모범수

ESFJ
교도관이랑 친해져서 예쁨받음

ESFP
말 안 들어서 교도관에게 혼남

ISFJ
감옥 급식 담당

ISFP
누명 쓰고 들어옴

ESTP
맨날 싸워서 독방 생활중

ISTP
적응 완료

혼나고도 해맑은
ESFP

감옥에 간다면?

ENTJ
큰 형님

INTJ
탈출 성공

ENFJ
대의를 위한 시위하다가 들어옴

INFJ
모범수인 척 탈출 계획중

ENTP
교도관 말빨로 홀려서 탈출

INTP
탈출 계획 100가지 있지만 실행 못 함

ENFP
친구 100명 사귐

INFP
교도소 먹이사슬 최하위

게임에 들어간다면?

ENTJ
능력치 최강 최종 보스

 ISTJ
똑 부러진 마법사 동료

ENFJ
쉬운 퀘스트만 주는 NPC

INFP
맨날 납치당하는 연약한 동료

INTP
천재 괴짜 발명가

ISFP
눈에 안 띄지만 뒤에서 열일하는 힐러

ENTP
주인공과 티격태격하는 제멋대로인 동료

ESFJ
주인공 걱정하는 주인공의 부모님

밥 먹듯이
납치당하는 INFP

게임에 들어간다면?

ESFP
주인공(동료 모으기 중독)

INTJ

끝난 줄 알았는데 나타나는 진짜 최종 보스

ESTJ

피도 눈물도 없는 중간 보스

ISFJ

게임 소개해주는 튜토리얼 NPC

ESTP

맨날 당하는데 계속 등장하는 불사신 빌런

INFJ

누구의 편인지 알 수 없는 마을의 장로

ENFP

세상 물정 모르는 마냥 해맑은 공주님

ISTP

무심하지만 위기 상황에 등장하는 주인공 동료

끝난 줄 알았는데
INTJ 보스가 남았다

로또에 당첨된다면?

ESFP
파티 주최

ESFJ
비밀로 하려고 했지만 이미 다 말함

ISFP
뒷산에 묻어놨다가 도둑맞음

ISFJ
가족들에게 나눠줌

ENTP
떠벌리고 다니다가 사기당함

INTP
본인 취미생활에 몰빵

INFJ
완벽하게 숨김

ISTP
잠수 탐

ISFP의 돈은 어디로?

로또에 당첨된다면?

ESTP
슈퍼카부터 사러 감

INFP
수령 후 겁나서 집 밖으로 안 나감

ENTJ
국회의원 출마

ENFP
쇼핑하러 가서 싹 쓸어 담음

ENFJ
기부함

ESTJ
회사 설립

ISTJ
당첨되어도 일 계속 다님

INTJ
부동산투자와 주식투자만 함

무인도에 갇힌다면?

ESFP
무인도 파티 개최

ESTJ
상황 정리 후 역할 분담

ENTJ
서열정리부터 함

ISFJ
ESTJ가 시키는 거 함

ENTP
무리에서 격리조치당함

INTP
무리에서 떨어져 혼자 잘 지냄

ESTP
물고기 잡으러 가서 한 마리도 못 잡음

ISTP
"오히려 좋아"

딱히 구조가 필요 없어
보이는 ISTP와 INTP

무인도에 갇힌다면?

INTJ
생존 시스템부터 구축함

ISTJ
SOS 신호부터 만듦

ESFJ
절망에 빠진 사람들 멘탈케어 담당

ENFJ
사람들에게 식량 나눠줌

INFJ
평소 보던 다큐멘터리에서 배운 거 써먹음

ISFP
날씨가 좋아서 일단 자고 봄

ENFP
대책 없이 일단 수영부터 함

INFP
멘붕

슈퍼 빌런이 된다면?

ESTJ
빌런마저 무서워하는 빌런

ISTP
혼자 활동하는 암살자

ESFJ
착한 줄 알았는데 알고 보니 스파이

ENTJ
세계 정복을 원하는 빌런

ESFP
관심을 못 받아서 빌런 됨

ISFP
빌런이 되려 했지만 귀찮아서 포기

ESTP
그냥 빌런이 하고 싶음

INFP
상처받고 흑화해서 빌런 됨

슈퍼 빌런이 된다면?

INFJ
이중인격 빌런

INTJ
모든 것의 흑막

ENFJ
빌런이 될 수가 없음

ISFJ
보스 밑에서 헌신하다 배신당하는 부하

ENTP
태생부터가 빌런

INTP
미친 과학자

ENFP
등장만 요란하고 제일 약한 빌런

ISTJ
히어로 생활하다가 뒤틀려서 빌런 됨

슈퍼 히어로가 된다면?

 INTJ
철두철미하게 세상의 균형을 지키는 마법사

ISTJ
세계평화기관에서 일하는 용병

 ESFJ
평화를 위해 이로운 마법을 가르치는 도사

ENFP
어쩌다 히어로가 되었는데 즐기는 중

 ENTP
자기가 히어로인 것에 취함

ISFP
최강의 슈트를 얻어서 어쩔 수 없이 히어로 됨

 ESTP
쇼맨십이 제일 중요한 히어로

ISTP
세계평화기관 비밀병기 암살자

슈퍼 히어로가 된다면?

 ENTJ
세계평화기관 세우고 히어로 영입함

ESTJ
우주 질서를 관리함

 ENFJ
세상과 사람들을 위해서 발 벗고 나서는 히어로

INFJ
히어로이지만 인간의 편인지 아닌지 확실치 않음

 ESFP
칭송받는 게 좋아서 히어로가 된 신

INTP
자기 몸에 실험하다가 히어로 됨

 ISFJ
가족을 위해서 히어로 됨

INFP
빌런이었는데 정이 많아서 다시 히어로 됨

외계인을 만난다면?

ESTJ
일단 신고함

ISTJ
'전단지 알바인가?' 생각하고는 그냥 지나감

ESFJ
신나서 소문내고 다님

ENTJ
외계인에게 사업 제안함

INFJ
외계인과 잘 통함

ISFP
냉큼 도망

ESTP
외계인이랑 맞짱 뜸

INFP
살려달라고 싹싹 빎

ESTP는 왜 외계인이랑
싸우고 있을까?

외계인을 만난다면?

ESFP
"너, 내 동료가 돼라"

INTJ
"몰카 아님?" 의심함

ENFJ
지구 관광시켜줌

ISFJ
나무 뒤에서 훔쳐봄

ENTP
납치되었다가 시끄러워서 버려짐

INTP
우주에 대해서 같이 연구함

ENFP
"안뇽! 너 귀엽게 생겼다"

ISTP
무시

조선시대로 간다면?

ISFP
밥 잘 먹는 행복한 노비

ISTJ
아침 일찍 일어나는 착실한 농부

ENFJ
인상 좋고 푸근한 주모

ISTP
산속 깊은 곳에 혼자 살고 있음

ENTP
궁금한 거 못 참고 온갖 데 들쑤시고 다니는 머슴

INTP
신내림 받은 무당

ENFP
곱게 자란 양반집 막내딸

INFP
양반집 막내딸 이야기 잘 들어주는 시녀

뭐든
꿰뚫어보는 INTP

조선시대로 간다면?

ESTJ
불의를 못 참는 사또

ENTJ
나라를 지키는 용맹한 장군

ESFJ
평판 좋고 예쁨받는 후궁

ESFP
넘치는 끼를 주체 못 하는 기생

ISFJ
사근사근한 내시

INTJ
왕을 조종하는 권력 있는 실세

ESTP
나랏일에 관심 없는 임금

INFJ
유쾌한데 배울 점 많은 훈장님

전생부터
끼 뽐내고 다니는 ESFP

좀비를 만난다면?

ESTP
좀비들 사이에서 좀비 연기함

ISFP
집 밖으로 안 나감

ESFP
마트에서 식량 털어옴

INFJ
지하벙커에 숨어서 잘 지냄

ENTP
좀비 세계관 빌런

INTP
좀비 바이러스 퍼트린 미친 과학자

ENFP
친구인 줄 알고 다가가다가 감염된 INFP에게 물림

INFP
이미 좀비 됨

순진한 ENFP

좀비를 만난다면?

ESTJ
무기 구하러 감

ISTJ
좀비 함정 설치함

ESFJ
부상자 간호함

ISFJ
ISTJ가 쳐놓은 좀비 덫에 걸림

ENTJ
생존자 마을 만듦

INTJ
생존자 마을 관리

ENFJ
생존자들 다 받아줌

ISTP
ENFJ랑 싸우면서 생존자 안 받아줌

마을 초토화 1초 전

■ **독자 여러분의 소중한 원고를 기다립니다** ──────────

메이트북스는 독자 여러분의 소중한 원고를 기다리고 있습니다. 집필을 끝냈거나 집필중인 원고가 있으신 분은 khg0109@hanmail.net으로 원고의 간단한 기획의도와 개요, 연락처 등과 함께 보내주시면 최대한 빨리 검토한 후에 연락드리겠습니다. 머뭇거리지 마시고 언제라도 메이트북스의 문을 두드리시면 반갑게 맞이하겠습니다.

■ **메이트북스 SNS는 보물창고입니다** ──────────

메이트북스 홈페이지 matebooks.co.kr

홈페이지에 회원가입을 하시면 신속한 도서정보 및 출간도서에는 없는 미공개 원고를 보실 수 있습니다.

메이트북스 유튜브 bit.ly/2qXrcUb

활발하게 업로드되는 저자의 인터뷰, 책 소개 동영상을 통해 책에서는 접할 수 없었던 입체적인 정보들을 경험하실 수 있습니다.

메이트북스 블로그 blog.naver.com/1n1media

1분 전문가 칼럼, 화제의 책, 화제의 동영상 등 독자 여러분을 위해 다양한 콘텐츠를 매일 올리고 있습니다.

메이트북스 네이버 포스트 post.naver.com/1n1media

도서 내용을 재구성해 만든 블로그형, 카드뉴스형 포스트를 통해 유익하고 통찰력 있는 정보들을 경험하실 수 있습니다.

STEP 1. 네이버 검색창 옆의 카메라 모양 아이콘을 누르세요.   STEP 2. 스마트렌즈를 통해 각 QR코드를 스캔하시면 됩니다.
STEP 3. 팝업창을 누르시면 메이트북스의 SNS가 나옵니다.